SMITTEN
VON GESETZLOSEN ANSPRUCH GENOMMEN
BUCH 4

R. B. FIELDS

KAPITEL 1

RYDER

Ich hatte nie vor, Mitglied eines Motorradclubs zu werden. Ich hatte nie vor, mich in eine ehemalige Trickbetrügerin zu verlieben. Aber ich kann wohl schlecht etwas gegen das Glück sagen.

Ich zucke zusammen, als das Wasser die tiefen Kratzer auf meinem Rücken trifft, und spüle den Schaum aus meinen Haaren. Vanille und Zitrone kitzeln meine Nase - Blades Shampoo, das einzige hier. Er ist ein bisschen blumig, besonders jetzt, wo er nicht mehr Leute aufschlitzen muss, um über die Runden zu kommen.

Wir leben seit über einem Monat hier, und jeden Tag fühlt es sich ein bisschen besser an - ein bisschen ruhiger. Ich weiß, dass die anderen nicht in diesem Haus leben wollen, nicht hier bleiben wollen, aber ich glaube, ich mag den Vorort tatsächlich. Die Nachbarn schauen uns manchmal ein bisschen komisch an, aber sie gewöhnen sich langsam an uns. Ich bin mir sicher, dass die Gartentipps, die Rooster wie Bonbons verteilt, gut ankommen, obwohl es vielleicht auch an seinen roten Haaren und seinem schottischen Akzent liegt. Hausfrauen lieben diesen Kerl immer.

Ich drehe den Griff, um den Wasserstrom zu unterbrechen. Der Duschknopf quietscht und lässt mich zusammenzucken - das Badezimmer ist das nächste auf unserer Liste der Projekte. Wir haben bereits den Garten, das Schlafzimmer, die Küche und das Wohnzimmer renoviert. Das passiert eben, wenn man fünf fleißige Biker in ein winziges Haus ohne Verantwortung steckt.

Na ja, nicht *ohne* Verantwortung. Da ist immer noch Izzy, um die wir uns kümmern müssen, und sie scheint die zusätzliche Aufmerksamkeit nie zu stören.

Ich lächle vor mich hin, als ich auf die Matte trete und das Handtuch vom Ständer greife, halte aber inne, als ich die Tür höre.

Bam! Bam! Bam!

Ich fahre mit dem Handtuch über meine kurzen Haare und lausche. Erwarten wir jemanden? Wahrscheinlich die Nachbarn. Ah, vielleicht der Mann, mit dem Rooster neulich gearbeitet hat - Rooster hilft ihm, einen Koi-Teich für den Hochzeitstag seiner Frau zu installieren. Sie sind süß, dieses Paar, der Mann mit einem Glatzkopf, der praktisch in der Sonne leuchtet, seine Frau mit langen schwarzen Locken - sicher eine Perücke. Aber wen kümmert's? Die Art, wie er sie ansieht, als wäre sie die schönste Frau, die er je gesehen hat ... Es bringt mich jedes Mal zum Lächeln, wenn ich sie sehe. Ich bewege das Handtuch nach unten und trockne mich weiter ab, aber meine Haut bleibt feucht von der Luftfeuchtigkeit nach der Dusche. Ich stelle mir vor, dass wir eines Tages so mit Izzy sein werden, wir alle in verschiedenen Stadien des Verfalls, alle glücklich, einfach zusammen zu sein, mit ihr zu sein.

Das Klopfen ertönt erneut, diesmal lauter - drängender.

Ich runzle die Stirn. Ich bin nicht der Einzige zu Hause. Was machen die denn? Vielleicht vergnügt sich Mack gerade mit unserem Mädchen. Ich hoffe es; sie hat mich letzte Nacht fertig gemacht, und ich bin mir nicht sicher, ob mein Rücken je wieder derselbe sein wird.

Es war es auf jeden Fall wert.

Bam! Bam! Bam!

Ich schnappe mir Izzys Bademantel vom Haken, den einzigen Bademantel hier - natürlich - und trete in den Flur, wie ein Bär in einem kurzen Rock aussehend. *Lächerlich.* Von der Rückseite des Hauses zischt die Schiebetür auf. Ich gehe in diese Richtung, werde aber zur Seite gestoßen, als Blade an mir vorbeistreift.

»Pass auf, *Ry*!«

Ich versteifte mich. Er singt immer Izzys Spitznamen für mich. Ich mag es, wenn sie es sagt, aber der Name - *Ry* - von Blades Lippen macht mich wütend. Zumindest muss ich nicht die Tür öffnen.

Ich drehe mich um, um ins Schlafzimmer zu gehen - zu meinen Klamotten - rufe aber über meine Schulter: »Vorsicht, Frischling.« Ich nenne ihn selten so; der Titel ist Macks Sache, um sicherzustellen, dass Blade weiß, dass er noch nicht einer von uns ist ... aber das ist er.

Er ist einer von uns, seit er uns geholfen hat, gegen die Grunge vorzugehen, um den Präsidenten dieses Clubs zu töten - um Izzy zu beschützen. Wenn der Feind meines Feindes mein Freund ist, dann muss jemand, der die Frau liebt, die ich liebe, einer von uns sein.

Ich bin nicht so misstrauisch wie Mack. Misstrauen ist praktisch sein Job - ein echter Wachhund, der Kerl.

Ich bin nur der Chemiker.

Aber ich schaffe es kaum einen einzigen Schritt, bevor die Haustür aufkracht.

»Was zum Teufel ist passiert?« Diesmal nicht Blade; Macks Stimme. Und es ist nicht zu überhören, wie dringend sein Ton ist - *oh-oh*.

Ich ändere meinen Kurs, folge Blades Fußstapfen den Flur hinunter und dann hinaus in den kleinen Wohnbereich, umrunde die Ledersofas, verfehle knapp den kunstvoll geschnitzten Couchtisch, von dem Blade behauptet, er »verbinde den Raum«. Blade hat ein Auge für Inneneinrichtung, obwohl er mich wahrscheinlich umbringen würde, wenn ich das sagen würde. Der Mann ist schließlich ein Auftragskiller.

Blade steht jetzt an der Tür, mit dem Rücken zu mir, Schulter an Schulter mit Mack. Izzy ist direkt hinter ihnen und späht um Macks Seite herum zu wem auch immer auf der Veranda steht. Und es muss jemand Wichtiges sein. Es braucht keine drei Leute, um die Tür zu öffnen.

Ich erreiche endlich den Eingangsbereich und schaue auf die Veranda.

Scheiße.

Ozzy. Der Typ ist ein Biker wie wir, ein Mitglied der

neu gegründeten Grunge - er wurde zum Präsidenten gewählt, nachdem Dominick starb.

Die Hälfte seines Gesichts war schon immer mit Tattoos bedeckt.

Jetzt ist die andere Hälfte mit Blut bedeckt.

KAPITEL 2

ISABELLE

»Sie haben den Club angegriffen.« Ozzys Stimme ist belegt und schwer zu verstehen – fehlen ihm Zähne? »Sie haben das ganze Lagerhaus zerschossen. Nur drei von uns haben es rausgeschafft. *Verdammte drei.*«

Tja, sieht so aus, als wäre jemand kein Fan von Umstrukturierungen.

»Wer war es?«, fragt Blade.

»Oh, es geht nicht um mich, und es geht sicher nicht um die Grunge. Sie haben mir aufgetragen, dir eine Nachricht zu überbringen.« Er zeigt auf Mack. »Das Mädchen ... sie haben sie mitgenommen.« Seine Augen sind vor Schmerz zusammengekniffen; die Hautlappen seiner verletzten Wange bewegen sich auf eine gequälte Art – Muskelschäden. »Und wenn ihr sie nicht schnell findet, glaube ich nicht, dass sie das Ende der Woche erleben wird.«

Die Welt scheint sich zu verlangsamen, kippt in einer

verrückten, willkürlichen Art, die mich unsicher fühlen lässt. *Oh Scheiße.*

Das Mädchen, oder die Einzige, an die ich denken kann, die in Schwierigkeiten sein könnte, ist Macks Nichte Juliette, ein Kind, das sein ganzes Leben bei Roosters Schwester verbracht hat – diese Tatsache habe ich erst letzte Woche entdeckt, als Rooster Adeline per Videochat anrief. Sie halten ihren Kreis definitiv klein.

Mack und Blade helfen Ozzy herein und schließen die Tür hinter ihm, um uns vor den neugierigen Blicken der Nachbarn zu schützen. Ozzy schüttelt sie ab, als sie in die Küche gehen. Er lehnt sich gegen die Theke, sein ganzes Gewicht auf den Ellbogen. Er hustet, und ein Klumpen geronnenes Blut fällt von seinen Lippen auf sein Hemd. Die anderen Flecken auf der Baumwolle sind größtenteils getrocknet. Ich nehme an, das ergibt Sinn, wenn er den ganzen Weg von Kanada gefahren ist, aber ich bin überrascht, dass er nicht angehalten hat, um sich zu säubern; es sind mindestens zwölf Stunden Fahrt.

Ich folge ihnen in die Küche. Das Haus hat einen offeneren Grundriss als früher, sodass ich sie von meinem Standpunkt im Wohnzimmer aus sehen kann. Der Klumpen kam wahrscheinlich von der Wunde in seinem Gesicht. Sie ist so tief, dass ich den glänzenden Streifen des Muskels entlang der oberen Kante des Schnitts sehen kann. Er braucht Hilfe – Stiche. Aber mein Verstand rast. Wie haben sie Juliette gefunden? Sie war außergewöhnlich gut versteckt, um sie vor ihrem Vater, Macks psychopathischem Bruder Jeff, zu schützen. Aber er ist tot. Warum also sollte jemand das Mädchen entführen?

Tiefer in meinem Gehirn flüstert eine andere Stimme: *Schon wieder? Wie kann das* schon wieder *passieren?*

Ryder geht zum Wohnzimmerfenster und späht durch die Holzjalousien, die Blade letzte Woche installiert hat. Die Nachbarn sind aufgeschlossener, als ich anfangs erwartet hatte, aber ich kann mir nicht vorstellen, dass sie begeistert davon sein werden, einen Mann zu sehen, der auf der Veranda verblutet.

»Niemand ist draußen. Also hat niemand Oz gesehen«, sagt Ryder. »Wir haben Glück, dass sie Arbeit haben.«

Aber das haben wir auch – unsere Aufgabe ist es, dieses Kind zu beschützen. Sie hatte als Kind eine Herztransplantation, und der Cocktail von Medikamenten gegen die Abstoßung wird nicht von der Versicherung übernommen – einen Antrag zu stellen, bedeutet, dass sie nicht versteckt außerhalb des Systems leben kann. Also haben Mack und die anderen die Rechnung übernommen.

»Was wollen sie?«, frage ich, und Ozzy wendet sich mir zu und blinzelt, antwortet aber nicht, außer dass er sein Kinn abwischt. Ich versuche es erneut: »Sie haben sie mitgenommen, sie haben ihr mit bevorstehendem Unheil bis zum Ende der Woche gedroht, aber es muss einen Grund geben.«

Wenn sie hinter Mack her wären, hätten sie ihn erwischt – er ist nicht gerade versteckt, auch wenn er unter einem falschen Namen lebt, da er immer noch eine Person von Interesse in Jeffs Tod ist. Der einzige Grund, Macks Nichte zu entführen, ist, uns zu zwingen, Mack etwas tun zu lassen, dem er sich widersetzen würde ... oder?

Ozzy schnaubt wieder, aber ich glaube, er räuspert sich nur. »Ich bin...« Er murmelt etwas und verzieht das Gesicht.

Es ist klar, dass er Schwierigkeiten hat, um diese Wunde an seiner Wange herum zu sprechen. Geht sie direkt durch bis ins Innere seines Mundes? Ich kneife die Augen zusammen, und ich glaube, ich sehe den Schimmer einer Goldkrone an einem seiner hinteren Backenzähne.

Verdammt. Wir müssen uns zuerst um diese Verletzung kümmern. Vielleicht sollten wir ihm Stift und Papier geben.

»Lass uns dich ein bisschen saubermachen«, sage ich. »Du brauchst Stiche. Jemand soll den Whiskey holen.«

»Du hast die Lady gehört«, sagt Mack und klopft ihm auf den Rücken, aber Blade ist derjenige, der in den Eckschrank taucht. Macks Worte hallen noch durch den Raum, als ich in den Flur gehe.

Das Badezimmer ist dampfig, feucht gegen mein bereits heißes Gesicht – meine Ohrenspitzen brennen vor Stress. Ich hole mein Notfallset aus der obersten Schublade, und als ich in die Küche zurückkehre, haben sie Ozzy auf einem der Esszimmerstühle neben dem Waschbecken platziert. Er hat seine Lederjacke und das T-Shirt darunter ausgezogen – muskulös, tätowiert und übersät mit kleinen Wunden verschiedener Größen, viele davon tief genug, um Aufmerksamkeit zu erfordern. Von ... zerbrochenem Glas? Ich habe alle Hände voll zu tun.

Mack hat bereits einen Stapel sauberer Handtücher geholt und sie auf der Arbeitsplatte neben Ozzys Ellbogen platziert. Blade starrt finster – er hat die Handtücher vor ein paar Wochen ausgesucht, in einem nebligen Grauton. Und Ryder ... trägt er meinen Bademantel? Er ist so kurz, dass ich überrascht bin, dass ich seine Eier nicht darunter baumeln sehe.

Ryder bemerkt, dass ich hinsehe, blickt nach unten, als würde er gerade erst realisieren, dass er einen Minirock trägt, und geht in Richtung Flur. Ich stelle mein Set auf die Arbeitsplatte und ziehe mir ein Paar Gummihandschuhe an. Ich kenne meine Jungs, aber ich weiß nicht, wo dieser Typ gewesen ist.

»Halt still«, sage ich und übergieße sein Gesicht mit Jod. Es tropft von seinem Kinn, aber ich folge schnell mit Wattebällchen, schrubbe das getrocknete Blut von seiner Haut, damit ich sehen kann, was ich tue. »Wirklich ... wirklich ... still.«

Die Wunde ist tief, aber nicht so schlimm, wie ich dachte. Sie hat sich an einer winzigen Stelle nahe der Rückseite durchgeschnitten, aber der Rest des Muskels ist intakt. Er wird wieder lächeln können. Und er sollte in der Lage sein zu sprechen, auch wenn es schmerzhaft ist.

Ich schiebe die Nadel durch die Haut an der hinteren Ecke – dem tiefsten Teil. Er zischt, aber er bewegt sich nicht, während der erste Stich gesetzt wird. Ich verknote ihn, aber Blut sickert aus der Wunde. Ich trete beiseite, um mehr Watte zu holen.

»Wir müssen herausfinden, wer hinter Juliette her sein könnte«, sagt Mack. »Wer uns schaden will.«

»Es geht nicht nur um euch«, antwortet Ozzy und verzieht erneut das Gesicht. Er hebt seine Finger an seine Wange, als wolle er sein Gesicht zusammenhalten, leckt an dem getrockneten Blut auf seiner Lippe und schnüffelt. »Sie sind hinter *uns* her – haben unsere ganze Gruppe getötet und dann das Mädchen genommen, um an euch heranzukommen. Sie decken alle Möglichkeiten ab. Aber ich habe keine Ahnung warum, was bedeutet, dass Dominick offensichtlich in Dinge verwickelt war, von denen wir nichts wussten.«

Dominick – der letzte Präsident des M.C. Derjenige, den wir getötet haben. Es ist, als würden wir von seinem Geist gejagt.

»Also, was wollen sie?«, frage ich erneut, aber diesmal zuckt Ozzy mit den Schultern.

Ich drücke die Watte gegen die Seite seines Gesichts. Er blinzelt zu mir auf mit einem Blick, der gleichermaßen schmerzerfüllt und dankbar ist.

»Und Roosters Schwester?«, fragt Mack.

Er zuckt wieder mit den Schultern. »Ich habe keine Ahnung.« Ich spüre die Muskeln unter meinen Fingern arbeiten. »Aber ich kenne jemanden, der es weiß.«

Mein Herz setzt aus.

»Und wer könnte das sein?«, fragt Mack.

Er will lächeln, das sieht man an seinem zuckenden

Kiefer, aber er überlegt es sich anders; sein Gesicht wird ernst. »Ich hab keinen Namen bekommen. Aber ich hab den Dreckskerl in meinem Kofferraum, weil ich dachte, du würdest gern ein Wörtchen mit ihm wechseln. Hoffen wir mal, dass er die Fahrt überlebt hat.«

KAPITEL 3

ch beende Ozzys Nähte, während Mack den Van in
der Garage parkt - dies ist nicht die Art von Nachbarschaft, in der die Leute wegschauen, wenn sie
sehen, wie man eine Leiche aus dem Kofferraum zieht,
ob tot oder lebendig. Sie tolerieren uns, und wir
wachsen ihnen ans Herz, aber ich habe immer das
Gefühl, dass wir auf dünnem Eis wandeln - als ob wir
nicht ganz dazugehören würden.

Es könnte daran liegen, dass ich eine alleinstehende
Frau bin, die mit fünf Männern zusammenlebt. Die
Moralapostel müssen das ja lieben. Selbst wenn sie nicht
wissen, dass ich mit allen von ihnen schlafe, manchmal
sogar alle auf einmal, ist es wahrscheinlich skandalös.

Ich habe gerade die letzte Naht unter Ozzys Schlüs-
selbein gezogen, als Mack durch die Garagentür zurückkommt, mit einem schlaffen Mann über der Schulter
wie ein Sack Kartoffeln. Der Gefangene ist groß und
dünn, aber selbst wenn er ein kräftiger Kerl wäre, hätte
Mack kein Problem damit. Mack ist zwei Meter groß,

hat lange schwarze Haare und Arme wie Baumstämme. Ein Superheld auf Steroiden, aber ohne die Drogen.

Macks smaragdgrüne Augen treffen meine. Er nickt. »Sonderlieferung.« Aber in seiner Stimme liegt keine Fröhlichkeit; sein raues Krächzen ist durchsetzt mit einem Cocktail aus Wut und Panik.

Ich wende mich wieder meinem Patienten zu und trage antibakterielles Gel auf Ozzys Gesicht auf, dann befestige ich einen Streifen Gaze über der Wunde. Seine Haut ist warm; hoffentlich ist die Verletzung noch nicht infiziert. Ein Messer im Gesicht verursacht sicher eine angemessene Menge an notwendiger Entzündung ... die Zeit wird es zeigen.

»Wo ist sein Fuß?«, fragt Blade, als Mack in die Küche geht.

Ich trete von Ozzy zurück und runzle die Stirn über den Stumpf, der fest in blutverschmierte Gaze gewickelt ist und derzeit in der Nähe von Macks Rippen wackelt.

»Er könnte ihn ... im Clubhaus verlegt haben, nachdem er sich nicht mehr erinnern konnte, wer das Mädchen hatte«, sagt Ozzy.

Seine Worte sind undeutlich wegen der Nähte und weil er seinen Kiefer steif hält, um nichts zu zerreißen. Er wird auch einen Zahnarzt brauchen, für zwei gebrochene Backenzähne; ich kann nicht viel mehr tun, als die Zähne rauszureißen.

»Das kennen wir alle«, sagt Blade achselzuckend.

Ozzy hebt sich aus dem Stuhl und dreht ihn so, dass die Sitzfläche vor Mack steht, von mir abgewandt. Mack lässt seine Beute unzeremoniell darauf fallen. Ich hatte gar nicht bemerkt, dass Ryder zurückgekommen war, bis ich sehe, wie er sich an den Beinen des Stuhls hockt und die Handgelenke und Knöchel des Mannes mit einer Rolle Klebeband fixiert. Er verzieht das Gesicht beim Anblick des Stumpfes.

Zumindest trägt er jetzt eine Jeans. Wenn er versucht hätte, sich so in meinem Bademantel zu hocken, wären überall Eier zu sehen gewesen.

Ich gehe auf die andere Seite der Küche, um hinter den Jungs zu stehen. Ich denke, ich will ihn einfach nur sehen - den Mann, der die Grunge zerlegt hat. Den Mann, der ein kleines Mädchen entführt hat.

Vielleicht will ich einfach nur sehen, wie er aussieht, bevor er stirbt. Ich bin mir plötzlich ziemlich sicher, dass sie ihn töten werden. Sicher nicht, bevor er ihnen sagt, was sie wissen wollen, aber nach Ozzys Gesichtsausdruck zu urteilen, wird er kein Problem damit haben, diesen Arsch auseinanderzunehmen. Verdammt, er hat schon damit angefangen. Ich blicke auf den Stumpf unter seiner Wade.

Sein Kopf fällt zur Seite, aber Mack schlägt ihm ins Gesicht, und er schüttelt sich wach. Feingliedrig, haselnussbraune Augen, sandblondes Haar wie meines, aber auf die Haut geschoren, sein Gesicht von Aknenarben übersät. Keine Piercings, die ich sehen kann, aber er trägt ein einzelnes schlecht ausgeführtes Tattoo am Hals, das ein Laib Brot sein könnte. Ich mag Kohlenhydrate genauso gerne wie jeder andere, aber ich kann mir nicht vorstellen, dass ich dieses gemalte Bild richtig interpretiere.

»Wenn Rooster hierher zurückkommt, bist du am Arsch«, knurrt Mack.

»Ich werde keine Angst vor irgendeinem Schwanz haben.« Er grinst, als ob er von seinem eigenen Wortspiel erfreut wäre, aber das Grinsen verschwindet, als Mack seine riesige Faust zurückzieht und sie auf das Jochbein des Mannes krachen lässt.

Er stöhnt. Blut tropft über seine Unterlippe; ihm fehlt ein Vorderzahn. Er hat noch nicht bemerkt, dass ich existiere. Ich glaube nicht, dass er jemanden außer Mack bemerkt hat.

Mack beugt sich in der Taille und bringt sein Gesicht auf eine Höhe mit seinem Gefangenen. »Du solltest Angst haben. Du hast seine Schwester getötet. Und Rooster ist kein netter Kerl.«

Ich hebe eine Augenbraue. Er irrt sich darin, dass Rooster nett ist, aber wir haben auch keinen Grund zu glauben, dass Roosters Schwester bereits tot ist, genauso wenig wie wir Grund haben zu glauben, dass Juliette tot ist.

Aber die Taktik funktioniert, denn die Augen des Mannes weiten sich. »Ich habe keine Frau getötet.« Er schnaubt und spuckt einen Schwall Blut auf die Fliesen.

Ein Druck an meinem Ellbogen lässt mich umdrehen: Ryder. Er greift nach meiner Hand und drückt sie - er ist auch besorgt. Ozzy steht immer noch hinter dem Stuhl des Gefangenen und beobachtet, während wir unser Ding machen, vielleicht erholt er sich noch von der Runde Nähte. Wir haben ihm Whiskey angeboten, aber er hat keinen Tropfen getrunken.

Mack richtet sich auf und starrt auf den Mann im Stuhl hinunter. »Wo ist das Mädchen?«

»Welches Mädchen?«

»Falsche Antwort, Arschloch.« Mack holt wieder mit der Faust aus, aber Blade tritt neben ihn, sein Messer in der Hand.

Blade grinst, aber es ist verdammt raubtierartig - wölfisch auf eine Art, die die feinen Härchen auf meinem Rücken kribbeln lässt. »Lass mich ihm ein paar Fragen stellen.« Er gibt die Waffe von einer Hand in die andere, und der Empfänger besagter Fragen, dem bereits eine Extremität fehlt, zittert.

»Hör zu, ich schwöre, ich weiß nichts von einem Mädchen! Er sagte nur, ich solle es euch sagen. Ich wollte die Nachricht an die Wand malen, nachdem der Hit erledigt war, aber dann ...«

Ja ... *aber dann*. Ich nehme an, er bezieht sich darauf, wie sie erwischt wurden und die meisten von ihnen tot endeten.

Aber wenn er Juliette nicht entführt hat und jemand anderes die Fäden zieht, bedeutet das, dass derjenige, der ihn angeheuert hat, schlau genug ist, ihre Aufträge zu trennen. Ich mag keine schlauen Kriminellen, wenn sie gegen uns arbeiten. Und ... sind wir sicher, dass es überhaupt um Juliette geht? Es ist das Einzige, was Sinn ergibt, aber es ist nicht so, als hätte dieser Typ einen Namen genannt.

»Mit wem arbeitest du zusammen?« Blade rückt vor, und Mack tritt zurück, um ihm Platz zu machen.

An der Art, wie der Gefangene beim Anblick des Messers zittert, ist klar, dass er auf scharfe Gegenstände empfindlicher reagiert als auf eine altmodische Tracht Prügel.

»Mit niemandem - wir arbeiten mit niemandem

zusammen.« Es kommt als Wimmern heraus. »Es waren nur wir.«

Blade geht in die Hocke. Er fährt mit der Spitze seiner Klinge über den Oberschenkel des Mannes. »Wusstest du, dass die Oberschenkelarterie dich in Minuten verbluten lässt?«

Sein Kiefer verkrampft sich - trotzig. »Ich-«

»Also werden wir das vermeiden. Es ist einfach, eine Kniescheibe herauszuschneiden. Oder quer über den Hodensack. Wo denkst du, sollten wir anfangen?«

Der trotzige Blick des Mannes gerät ins Wanken. Sein Adamsapfel arbeitet in seinem dünnen Hals auf Hochtouren. Entweder er entscheidet sich dafür, nicht zu sprechen, oder er kann es buchstäblich nicht. Ich bin schockiert, dass er sich nicht in die Hose gemacht hat. Ozzy hatte Recht damit, dass die Jungs mit diesem Mann sprechen wollen würden, aber es scheint, als hätte er nicht viel zu bieten.

Blade setzt sich auf die Fersen. »Also, wer hat dir die Nachricht überbracht?«, fragt Blade.

»Ich weiß nicht, wer er ist.«

»Du hast einen Auftrag von jemandem angenommen, einen ganzen Club anzugreifen, und du hast keine Ahnung, wer sie sind?«

Er schüttelt den Kopf, und das lässt Blut aus seinem Mundwinkel tropfen und seitwärts über sein Kinn laufen. »Geld spricht, Mann. Und... es war eine Menge Geld.«

»Wie sah er aus?«, schnauzt Mack.

Er wendet seine Augen nicht von Blade ab, offensichtlich schlussfolgert er, dass das Messer die immer präsentere Bedrohung ist. »Gator hat mit ihm gesprochen.«

Wir alle schauen Ozzy an. Er schüttelt den Kopf. »Sonst niemand aus seiner Crew hat es rausgeschafft. Nur dieses Arschloch.« Er geht um den Stuhl herum, und als unser Gefangener ihn sieht, beginnt er am ganzen Körper zu zittern. »Wenn wir ihn für nichts anderes mehr brauchen, denke ich, ich nehme ihn mit in den Wald. Nehme ein Stück von ihm für jeden meiner Brüder, der heute Nacht nicht nach Hause gehen kann.«

Sein Atem keucht in kleinen, verzweifelten Stößen von seinen Lippen, und jetzt kann ich die Zähne um seinen fehlenden Schneidezahn sehen – Karies. Meth? Das wäre wahrscheinlich der größte Coup seines Lebens gewesen. Schade, dass er es vermasselt hat.

»Hört zu, ich kann euch sagen, wie er aussah.«

Ozzy nickt. »Schön zu sehen, dass dein Gedächtnis sich verbessert.«

»Er war groß, sagte Gator. Ein langer Lulatsch. Und er sagte, er trug einen schicken Anzug – ein richtiger Feinschmecker-Typ. Was er auch sein musste, wenn man bedenkt, dass er all dieses Geld hatte.«

Groß und wohlhabend? Welcher reiche Typ wäre hinter uns her? Jeff ist tot, und er ist der einzige reiche Kerl, den irgendeiner von uns kennt. Was zum Teufel?

»Hat er einen Namen?«, fragt Ozzy.

»Bob. Oder... Arnold? Nein, Ronald.«

Diese Namen liegen ziemlich weit auseinander. Blade neigt den Kopf. »Rätst du einfach?«

»Ich...« Er seufzt. »Nein, ich meine, ich denke, es war Ronald. Fast sicher.«

Wir sehen einander an, aber es ist klar, dass keiner von uns ein Gesicht zu diesem Namen hat.

Ozzy neigt seinen Kopf und lässt seinen Nacken mit einem Knacken knacken, das laut genug ist, um ein Knochenbruch zu sein. »Also, wo ist das Geld, das du dafür bekommen hast, uns umzulegen? Ich werde sicherstellen, dass es in gute Hände kommt.«

Der Gefangene lächelt, aber es liegt kein Humor darin – plötzlich sieht er überhaupt nicht mehr ängstlich aus. Wenn es eine Sache gibt, für die er bereit ist zu sterben, dann ist es dieses Geld. »Ich werde es euch nie sagen. Ihr werdet mich einfach töten müssen.« *Typisch.*

Ozzy schnüffelt. »Okay. Ich glaube dir.« Er wendet sich zu Mack. »Lass uns ihn wieder in meinen Kofferraum stecken.«

Ich schalte bereits ab. Wenn Ozzy versuchen will, das Geld aus ihm herauszubekommen, fein. Nenn es Reparationen für die Zerstörung seines Clubs. Aber wir haben weitaus wichtigere Probleme zu bewältigen.

Wir haben ein kleines Mädchen, das ohne unsere Hilfe sterben wird. Ein Mädchen, das entführt wurde, vermutlich ohne ihre lebensrettenden Medikamente. Ein Mädchen, das wegen... uns genommen wurde.

»Wir sollten besser Rooster anrufen«, sage ich.

Ryder drückt wieder meine Hand.

Es ist das Letzte, was ich tun möchte. Aber wir haben keine Zeit, das falsch zu machen. Und wenn das Leben seiner Schwester auf dem Spiel steht, hat Rooster ein Recht darauf, es zu wissen.

KAPITEL 4

Rooster taucht dreißig Minuten nachdem Ozzy mit seiner Beute verschwunden ist auf, und ich kann den Mann nicht anders bezeichnen. Er ist Beute - vom Jäger zum Gejagten. Er wird bald nur noch Fleisch sein. Ich bin mir nicht sicher, ob uns das zu Komplizen eines Mordes macht, aber ich weiß, dass es mir nicht leidtut.

Kein Kind sollte verletzt werden, schon gar nicht wegen der Sünden seiner Eltern. Und ich muss annehmen, dass es jemand ist, den Jeff kennt. Ich meine, ein reicher Typ, der Jeffs Kind entführt? Welche anderen Möglichkeiten gibt es?

Roosters Blick ist bestürzt, als er durch die Haustür hereinplatzt, sein Handy so fest umklammert, dass seine Knöchel weiß sind. Seine langen roten Haare und der buschige Bart lassen seine Wangen noch blasser erscheinen. »Sie geht nicht ran«, sagt er. »Wenn Adeline mit Juliette geflohen wäre, wenn sie entkommen wäre, würde sie ans Telefon gehen.«

21

Das bestätigt es wohl. Juliette ist »das Mädchen«, um das es geht.

Ich blinzle Rooster an. Seine arme Schwester. Er benutzt ihren Namen selten, spricht überhaupt kaum von ihr, aber das ist aus Gewohnheit, zum Schutz. Er will nicht, dass bekannt wird, dass er da draußen Familie hat - Menschen, die ihm wichtig sind. Aber jemand hat es trotzdem herausgefunden.

Ich kann immer noch nicht herausfinden, wie.

Blade schließt leise die Tür hinter Rooster, und wir gehen alle in die Küche. Roosters Blick streift den Stuhl, der in der Mitte des Raumes steht, dann fixiert er den Boden. Blutspritzer zieren die Fliesen vor dem Sitz, entweder von diesem Stumpf oder vielleicht von Ozzys Wange. Er sieht mich an, eine Frage in seinen Zügen, aber ich schüttele nur den Kopf - *Ich erkläre es später.*

»Vielleicht will Adeline nicht, dass jemand sie aufspüren kann«, schlägt Mack vor. Aber keiner von uns glaubt das wirklich.

»Sie war schlau genug, ein Prepaid-Handy zu haben«, sagt Rooster. »Ich hab mit ihr über all das geredet. Sie hatte einen Fluchtplan, ein Prepaid-Handy, alles, was sie für einen Notfall brauchen würde. Sie ist einfach... weg. Diese Arschlöcher haben sie.«

»Zumindest bedeutet das, dass sie zusammen sind«, sage ich und trete nahe genug heran, um meinen Arm um seine Taille zu legen.

Sein Körper ist ein Bündel aus Nerven, seine Schultern so angespannt, dass es schmerzhaft aussieht.

»Juliette ist nicht allein ohne ihre Mutter.« Aber ich

kann mir da nicht sicher sein. Sie könnten Adeline durchaus getötet und Juliette mitgenommen haben. Und Rooster weiß das.

Scheiße. Was tun wir jetzt? Ich habe nie gefragt, wo Juliette mit Adeline lebt; es schien nie wichtig zu sein. Obwohl Mack sich finanziell um das Mädchen gekümmert hat, besucht er sie nicht, war nie auf diese Weise Teil ihres Lebens - er wollte sie nicht dem Risiko aussetzen. Rooster allerdings... er spricht per FaceTime mit der Mutter des Mädchens. Onkel Rooster. Er nimmt Macks Platz ein, Juliettes biologischer Onkel.

Mack senkt den Kopf, als sei er erschöpft, und legt seine großen Hände über die Rückenlehne des Esszimmerstuhls. Er starrt auf den Sitz, vielleicht auf das Blut, denkend.

»Sie lebt«, sagt Rooster zu mir und dreht seinen Kopf in meine Richtung. »Oder?« Seine Stimme ist leise, aber seine blauen Augen sind hell - flehend. Verzweifelt.

Ich möchte ja sagen, Gott weiß, dass ich es möchte, aber wir wissen nichts - wir können nichts wissen. Ich atme tief durch. »Natürlich lebt sie. Wenn derjenige, der sie entführt hat, etwas von uns will, muss er sie am Leben erhalten.«

»Aber vielleicht wissen sie nichts von den Immunsuppressiva. Was, wenn sie sie entführt haben und sie dann krank wird und sie keine Ahnung haben, warum?«

»Ich bin sicher, deine Schwester hat es ihnen gesagt. Und wenn Juliette ein paar Dosen verpasst, könnte es ihr trotzdem gut gehen.« Ich bin mir nicht sicher über alle Einzelheiten, aber es ist über ein Jahr seit der Transplantation vergangen.

Sie sollte in der Lage sein, ein paar Dosen zu verpassen, oder? Allerdings spielen die Medikamentendosen kaum eine Rolle, wenn jemand plant, sie auf andere Weise zu töten.

»Also, was sollen wir jetzt tun?«, sagt Ryder.

Ich umarme Rooster fester und drücke mein Gesicht an seine Brust. Sein Herz schlägt schmerzhaft schnell - hektisch - und ich reibe seinen Rücken und atme, versuche ihm zu helfen, sich zu beruhigen, in der Hoffnung, dass er seinen Atem dem meinen anpasst.

»Wir haben alle unsere Kontakte angerufen«, fährt Ryder fort, »nicht dass wir viele hätten. Ich nehme an, dass Juliette noch etwas Zeit hat, aber fehlende Dosen... Es könnte sehr schnell sehr schlimm werden. Wenn ihre Entführer erst im Nachhinein von den Medikamenten erfahren, werden sie nicht zurück zum Haus gehen, um sie zu holen, und das gilt doppelt, sobald es gemeldet wird - sobald andere das Haus beobachten.«

Suchen andere schon? Die Polizei? Mir wird klar, dass ich nicht einmal sicher bin, wann sie entführt wurde - alles, was wir haben, ist eine Nachricht.

»Also, was zum Teufel sollen wir tun?«, murmelt Blade. »Zu ihrem Haus gehen und Detektiv spielen?«

Macks grüne Augen leuchten auf, und die Tattoos an seinem Hals betonen die Farbe - er ist mit juwelenbesetzten Schlangen bedeckt, die er selbst entworfen hat. Er stößt sich so hart von dem Stuhl ab, dass er auf zwei Beinen wackelt, bevor er wieder gerade steht. »Genau das werden wir tun. Vielleicht finden wir etwas, wonach sonst niemand zu suchen wusste.« Er blickt zu mir, und ich höre den Rest dieses Satzes - *so wie du Dinge gesehen hast, die sonst niemand bemerkt hat, als wir die Sachen deines Vaters durchsuchten.*

Rooster lässt mich los und sagt: »Aber wenn sie etwas von uns wollen, von dir... hätten sie dann nicht Forderungen gestellt?«

»Das haben sie.« Mack zuckt mit den Schultern. »Sie haben uns gesagt, dass sie Juliette haben. Sie wollen, dass wir nach ihr suchen - sie wollen, dass wir dorthin gehen. Ich bin mir nicht sicher, was passiert, sobald wir ankommen, aber ich habe das Gefühl, dass wir ihre Motive schon bald verstehen werden.«

Dorthin? »Glaubt ihr, die Polizei weiß, dass sie vermisst wird?«, frage ich.

Durch einen Hof voller Polizisten waten zu müssen, wird unsere Aufgabe nicht gerade erleichtern. Die Hitze hat etwas nachgelassen, aber die Polizei könnte immer noch nach dem Bruder des toten Millionärs Ausschau halten.

»Es ist nicht auf dem Radar der Einheimischen«, sagt Rooster. »Ich habe nachgesehen, nachdem ihr mich angerufen habt.«

Und da ist noch ein anderes Problem: die Zeit.

»Wir müssen so schnell wie möglich aufbrechen«, weise ich darauf hin. »Wir können nicht einfach im Land herumfliegen. Mack wird immer noch als Person von Interesse gesucht.«

»Wir werden nicht in diesem Land herumfliegen«, sagt Mack. »Roosters Schwester lebt in Schottland.«

Ich hebe meine Augenbrauen. »Das ist noch schlimmer. Wir können keinen internationalen Flug nehmen. Wir haben nicht alle gefälschte Pässe, und ich bin mir nicht einmal sicher-«

»Wir nehmen keinen Linienflug. Und wir brauchen keine Pässe.« Blade schnüffelt. »Ich kenne da jemanden.«

KAPITEL 5

Blade geht zwanzig Minuten später und trifft dabei auf Cue, der gerade hereinkommt. Es dauert etwa zwölf Stunden, bis alles vorbereitet ist, und wir verbringen diese Zeit mit Packen und der Fahrt zur Küste, wobei wir in unruhigen Phasen schlafen, die uns kein bisschen erholen lassen. Als wir auf dem Hafengelände parken, ist der Van von einer schweren, drückenden Panik erfüllt, die auf meiner Haut kribbelt. Ich fühle mich, als könnte ich explodieren, wenn wir nicht einen Weg finden, die Spannung abzubauen.

Ich folge Blade über das Hafengelände, nervös und schon halb krank. Ich glaube nicht, dass wir es besser machen können, nicht vollständig – nicht bis wir das Mädchen und ihre Mutter gefunden haben. Sobald Juliette und Adeline in Sicherheit sind, werden wir wahrscheinlich alle eine Woche lang schlafen.

Aber als Blade uns zeigt, wie wir reisen werden, fühle ich mich noch schlechter. Der Frachtcontainer hat eine scheißbraune Farbe, identisch mit denen daneben, alle Seiten in Metall gehüllt.

»Als du sagtest, du kennst jemanden, der uns über den Ozean bringen kann, ist das nicht genau das, was ich mir vorgestellt habe.« Ich trete näher an den Frachtcontainer heran.

Werden sie uns da drin mit Bananen oder Textilien oder was auch immer sie verschiffen einschließen? Und dann ... uns auf das Schiff heben? Ich drehe mich zum Wasser, aber es ist jetzt ruhig, sanfte Wellen schwappen gegen den Kai. Ich habe vor den meisten Dingen keine Angst, aber ich neige zu Seekrankheit.

Ich hätte das vielleicht besser durchdenken sollen, aber ich bin mir nicht sicher, ob es eine andere Wahl gibt, selbst wenn ich mich entschließe, es zu überdenken. Selbst wenn es uns gelingt, gefälschte Pässe zu bekommen, gibt es in den nächsten drei Tagen keine Linienflüge nach Schottland, und zwischen der Fahrt zum Flughafen und den Zwischenstopps, um von einem anderen Ziel aus zu unserem Ziel zu gelangen, würde es über eine Woche dauern, bis wir endlich ankämen. Wir haben nicht so viel Zeit.

Aber das hier ... es ist verrückt.

»Du musst nur ein paar Tage im Container fahren«, sagt Blade. »Das Flugzeug startet direkt vom Deck, und er wird uns direkt nach Schottland bringen. Es war früher ein Militärflugzeug, nicht super bequem, aber ... es wird uns dorthin bringen.«

Sein »Typ« ist anscheinend irgendein halbgarer Ex-Luftwaffenpilot, aber es hat weniger gekostet als ich mir vorgestellt hätte, um ihn für die Überfahrt zu bezahlen.

Er hat ein kleines Flugzeug auf dem Manifest, das angeblich nur mitfährt, aber offenbar haben wir auch die Crew geschmiert, um wegzuschauen. Ich kenne nicht alle Einzelheiten, und ehrlich gesagt bin ich mir nicht sicher, ob ich das will.

»Das Schiff hat eine Startbahn?«, sagt Ryder, seine dunklen Augen grüblerisch – er ist offensichtlich genauso skeptisch wie ich. »Also, wir fahren als Fracht auf einem echten Flugzeugträger?«

»So in etwa«, sagt Blade. »Frachtschiffe haben Platz zum Starten, wenn das Flugzeug klein genug ist. Und dieser Typ hat das schon mal gemacht. Er hat alles unter Kontrolle.« Er beugt sich, um den Riegel zu lösen, zieht dann die riesige Metalltür des Containers nach oben und verschwindet im Dämmerlicht im Inneren der Kiste.

Ich trete näher. *Wow.*

Das Innere des Frachtcontainers ist nicht vollgepackt mit Bananen oder Textilien. Eine große Rundum-Couch steht in der Mitte, komplett mit Kissen und Decken, die weich genug aussehen, um sich darin einzukuscheln. Eine große Gefriertruhe – vielleicht ein Kühlschrank – steht in der hinteren Ecke des Containers.

»Der Kühlschrank läuft über einen batteriebetriebenen Generator«, sagt er. »Es gibt Essen für die Woche, obwohl wir nur genug für ein paar Tage brauchen. Wir müssen unsere Geschäfte offensichtlich außerhalb des Containers erledigen, aber wir sind für einen Platz direkt neben dem Bad eingeplant.«

»Es gibt ein ... Bad?« Aber was ich wirklich meine

ist: *Gott sei Dank.* Ich hatte diesen Punkt bis jetzt noch gar nicht bedacht.

Blade lächelt. »Es gibt Leute, die sich entscheiden, mit Frachtschiffen statt mit anderen Kreuzfahrtschiffen zu reisen. Wenn man zahlt, haben sie Kabinen und alles.«

»Moment, wir hätten eine Kabine bekommen können?«, sagt Rooster. »Sicher hätten die Leute, die ein startendes Flugzeug ignorieren, uns auch in einem Zimmer ignoriert.«

»Die einzige Kabine auf diesem Schiff hat ein einzelnes Einzelbett, und sie wird von der Crew zum Schlafen in Schichten genutzt.«

Rooster zuckt zurück. »Aber du hast gerade gesagt-«

»Ich sagte einige Frachtschiffe, nicht dieses Fracht-schiff. Wir brauchten eins mit Platz für ein Flugzeug – wir können nicht wählerisch sein.«

Er hat Recht. Ich steige in die Kiste. Es ist wirklich wie ein Wohnzimmer. Ja, es gibt nicht viel Platz, und ein Bett wäre zum Schlafen vielleicht besser gewesen, aber das wird schon gehen.

»Oh, die Couch lässt sich auch ausklappen«, sagt Blade und gestikuliert. »Auf der linken Seite ist ein Doppelbett, und hinter der Armlehne dort drüben ist ein Hocker, den man vor die andere Seite des Sofas ziehen kann. Es ist nicht perfekt, aber es war das Beste, was ich kurzfristig organisieren konnte.«

»Es ist großartig«, sage ich lächelnd. Und ich meine es ernst.

Blade zwinkert. Mack stößt ihm im Vorbeigehen den

Ellbogen in die Seite. »Gut gemacht, Anwärter. Gut gemacht.« Aber in seinem Blick liegt nicht viel Humor.

Wir sind alle gestresst.

Die Uhr tickt.

Und alles, was wir tun können, ist zu warten, bis dieses Schiff uns näher an unser Ziel bringt – zu Juliette und Adeline und ihren Biker-mordenden Entführern.

KAPITEL 6

Sie laden die Kiste auf das Boot, bevor wir einsteigen, zum Glück, aber das macht das laute Zuschlagen der Tür nicht angenehmer. Wir sitzen auf der Couch, während das Schiff losfährt, Mack spielt Videospiele auf einem alten Gameboy. Ich habe keine Ahnung, wo er das Ding herhat, und ich habe auch keine Lust, das herauszufinden. Ich glaube, wir alle spüren, wie der Tag sich vor uns ausstreckt, jeder in seinen eigenen Gedanken versunken.

Es gibt keine tröstenden Worte, die wir einander sagen können, keine geflüsterten Phrasen, die die Spannung lindern könnten. Einige von uns denken sicher, dass wir in eine Falle tappen. Einige von uns glauben wahrscheinlich, dass Juliette und Adeline bereits tot sind. Ich versuche, nicht in diese Richtung zu denken, aber mit dem, was sie dem Grunge angetan haben, stehen wir einem erbitterten Gegner gegenüber, der mehr als nur eine einfache Vendetta hat - dieser große, reiche Fremde will uns wehtun, nur um uns wehzutun. Er verlangte nichts von den Grunge, außer ihrem Blut.

Und es fühlt sich sicherlich so an, als wären wir die Nächsten.

Ich driftete eine Zeit lang zwischen Schlaf und Wachsein, die tiefe Erschöpfung zieht an mir. Jedes Mal, wenn ich aufwache, sehe ich etwas anderes: Macks Gesicht, erleuchtet vom Bildschirm des Spiels; Ryders Arm, während er mit einer Taschenlampe eine Karte absucht; Blades Messer, dessen Griff er in einer Weise bearbeitet, die ein nervöses Ticken sein könnte oder Übung für das, was kommt. Aber irgendwann gehen alle Lichter aus, und ich bleibe in einer tiefen Dunkelheit, die sich viel tiefer anfühlt als die Kiste.

Wir rennen jetzt schon verdammt lange. Eine Notlage nach der anderen. Mein ganzes Leben, schon bevor ich die Renegades traf, war eine einzige große Notsituation. Ich glaube, ich bin bereit, in die ruhigere Phase meines Lebens überzugehen, in der es heißt "ihr Kinder runter von meinem Rasen", oder zumindest eine Phase, in der das größte Problem der Rasen ist.

Ich bin mir nicht sicher, wie spät es ist, als ich wieder die Augen öffne, aber ich fühle mich benommen und ungebunden, die Hitze im Container lässt Schweiß auf meinem Nacken perlen. Das Gewicht einer Hand auf meinem Bein erdet mich. Cue liegt hinter mir im Queensize-Bett, seine kalten Zehen an meinem Schienbein, sein Arm über meinem Oberschenkel, sein Atem sanft und gleichmäßig - schlafend. Aber ich höre... etwas aus der Nähe, ein Stück weiter hinten auf der Couch. Kein echtes Flüstern, mehr wie ein stockendes Keuchen.

Ich wälze mich herum und ziehe mich unter Cues schwerem Arm hervor. Mack schläft auf dem Boden – oder tat es, als ich das letzte Mal sehen konnte – und Blade und Ryder sind beide auf der anderen Seite der Couch. Ich hatte darauf bestanden, dass Rooster das Bett nimmt, aber er hatte abgelehnt und behauptet, er wäre nicht im Geringsten müde. Ich denke, er wollte in der Lage sein, umherzugehen, ohne jemanden zu wecken.

Aber er geht jetzt nicht umher. Ich stütze mich auf meinen Ellbogen. Ich glaube, er ist es, der diesen Laut macht. Obwohl ich mir nicht sicher bin, das Geräusch ist subtil, gibt es eine gewisse Rooster-ähnliche Qualität. Können Flüstern einen schottischen Akzent haben?

Ich strecke die Hand aus, um ihn zu erreichen. Ich finde nur Stoff. »Rooster?«

Ich höre ein Schniefen, dann das Zischen von Stoff, als er zu mir hinunterrutscht. »Entschuldige, Mädel, habe ich dich geweckt?« Seine Stimme bricht, und in diesem Moment fühlt es sich an, als ob mein Herz bricht - heiß und scharf in meiner Brust.

Ich kann ihn nicht sehen, kann nicht sagen, ob er mich ansieht, aber ich strecke meinen Arm erneut aus, und diesmal berühre ich... eine Hand? Ja, eine Hand.

Er verschränkt seine Finger mit meinen, und ich ziehe ihn näher und flüstere: »Komm, leg dich hin.«

Er bewegt sich erneut, aber diesmal steht er auf, überbrückt die Distanz zwischen uns und gleitet dann unter die Decke neben mich. Das Bett ist klein, besonders mit Cue bereits darin, aber wir liegen von Angesicht zu Angesicht, unsere Körper aneinandergepresst, nur getrennt durch das dünne T-Shirt, das ich zum Schlafen trug, und den Stoff seiner Boxershorts. Es ist heiß in der Kiste.

Ich schlinge meine Arme um seinen Nacken. »Es ist in Ordnung, Rooster. Es wird alles gut.«

Er schüttelt den Kopf, aber ich spüre es mehr, als dass ich es sehe. Die Dunkelheit im Container ist absolut. »Das ist meine Schuld«, flüstert er. »Das ist nicht okay.«

»Es ist *nicht* deine Schuld. Deine Schwester hat das mit offenen Augen gemacht.«

»Ja, das hat sie, aber ich habe das ausgenutzt.« Er fährt mit seinen Fingerspitzen meinen Rücken entlang, auf und ab, als wolle er sich selbst ablenken – ich bin wie ein menschlicher Fidget Spinner. »Ich wusste, dass sie ein Kind wollte, aber sie keins haben konnte. Als Juliette auftauchte, wollte sie nicht Nein sagen. Ich wusste es. Und jetzt...«

»Rooster, du hast ein kleines Mädchen mit einer wundervollen, liebevollen Mutter verbunden.«

Seine Hand hält in der Nähe meiner Hüfte inne. Der untere Saum meines T-Shirts ist bis zur Mitte meines Brustkorbs hochgezogen, und seine Handfläche ist beruhigend, wenn auch ein wenig zu warm. »Das ist ja gut und schön, Mädel, aber es gab auch andere Wege. Wir hätten das Baby an eine Feuerwache bringen können. Ich hätte Adeline auf andere Weise helfen können zu adoptieren. Hölle, ich hätte fast eine Bank ausgeraubt, um ihr zu helfen. Es klang verrückt, als sie Juliette in den Armen hielt, aber jetzt... Beide wären sicherer gewesen.«

Eine Bank ausrauben... um Adoptionsgebühren zu decken? Das erscheint ein bisschen übertrieben. Andererseits ist der Prozess übertrieben. Und teuer.

»Du kannst nicht wissen, dass sie sicherer gewesen wären. Jeff war verrückt. Und du wärst mit einer Waffe in der Hand mitten in einer Bank sicher nicht sicher gewesen.«

»Ja, da hast du wohl recht. Das hat Cue gesagt.«

»Gesagt?«

»Angedeutet. So haben wir uns kennengelernt – in der Gasse hinter der Sparkasse. Das war das letzte Mal, dass ich eine Waffe in der Hand hatte.«

Huh.

Er seufzt und setzt seine sanfte Wirbelsäulenmassage mit den Fingerspitzen fort, hinterlässt Gänsehaut, die sich über meine Schultern ausbreitet. »Aye, was auch immer damals passiert ist, Adeline ist jetzt wegen mir dabei. Wegen dem, was ich bin.« Er muss nicht sagen, dass auch andere Mitglieder der Gruppe schuld daran sind, wenn er das Schuldspiel spielen will.

Mack hat auch einen Anteil daran–er ist derjenige, der Juliette mit Adeline zusammengebracht hat. Deswegen kann ich mir nicht vorstellen, dass Rooster das alles in Macks Gegenwart laut aussprechen würde.

Ich hebe meine Finger zu seinem Gesicht und zeichne die Linie seiner Wange nach–feucht, aber ich kann nicht sagen, ob es Schweiß oder Tränen sind. »Wir werden das in Ordnung bringen«, flüstere ich, dann recke ich meinen Hals, um meine Lippen gegen seinen roten Bart, dann seine Wange und schließlich seinen

Mund zu drücken. »Es wird alles gut. Ich verspreche es.«

Er kuschelt seine Stirn an meine und zieht mich fester an sich. »Wie kannst du dir immer so verdammt sicher sein?«

»Weil ich keine andere Wahl habe.«

»Ich liebe dich, Mädchen. Weißt du das?« Er streicht mit seiner Handfläche über meine Hüfte in einer Weise, die viel weniger wie ein Spielzeug wirkt und viel mehr wie »Hey, Baby.«

Ich will nicht anmaßend sein, so verletzlich, wie er ist, aber ich spüre ein sanft vibrierendes Wärmegefühl in meinem Unterleib aufkeimen. Könnte mir das jemand verdenken? Er ist verdammt heiß, und wir sind beide halb nackt im Bett.

Ich kuschle mich näher an ihn. »Natürlich weiß ich das. Und ich liebe dich auch.«

Er streift mit seinem Daumen über meine Rippen und dann über die Rundung meiner Brust.

Ja, ich bin nicht anmaßend. Ich schlinge mein Bein um seine Hüfte.

Er zieht seine Hand über meinen Bauch und zwischen meine Beine, dann gleiten seine Finger unter den Saum meiner Unterwäsche. Ich greife hinunter, um sie auszuziehen, aber er schüttelt den Kopf und drückt seine Lippen auf meine. »Beweg dich nicht«, flüstert er und streichelt meine Scham mit seinem Daumen.

Aber ich will mich bewegen. Ich will nackt und ausgestreckt sein, während er mich nimmt, wie er will. Ich versuche es erneut, ziehe am Bund meiner Unterwäsche, und er reagiert, indem er seine Hüften bewegt, und bevor ich es weiß, drückt sich der Kopf seines Gliedes gegen meine triefende Öffnung.

»Lass mich das kontrollieren, Mädchen.«

Ich höre auf, mich zu bewegen. Er will das kontrollieren... *ah*. Weil er sich im Rest seines Lebens unkontrolliert fühlt? Aber plötzlich ist es mir egal, warum er in Kontrolle sein will. Ich würde nichts lieber tun, als mich hinzugeben.

Ich habe keine Zeit zu antworten; er greift an der Oberseite meiner Brust und zieht seine Hand bis zur Brustwarze, übt auf dem ganzen Weg Druck aus.

Ich lache. »Nun, das ist neu«, sage ich, während die phantomhaften Fingerspitzen meine Brustwarze drücken. »Versuchst du, mich zu melken?«

Er lacht. »Das ist nicht meine Hand«, sagt er. »Aber ich glaube, wir haben einen Weg gefunden, die Zeit zu vertreiben.« Dann stößt er seine Hüften vor, vergräbt sein Glied in mir.

KAPITEL 7

Rooster presst seine Lippen auf meine, sein Bart kitzelt mein Kinn. Aber er schiebt seine Zunge nicht zwischen meine Zähne, sondern lässt unsere Münder in einem hektischen Tanz aus Atem und Hitze verschmelzen, während er uns mit der langsamen und sinnlichen Bewegung seiner Hüften verbindet. Es ist eine sehr »Rooster«-typische Bewegung, eine Rotation, die keiner der anderen macht, und sie massiert mich kreisförmig, dringt etwas tiefer ein, als ich mich mit meinem Knöchel näher heranziehe.

Er hält inne, aber die Finger an meiner Brustwarze – Cues Finger – kneifen, ziehen und schnipsen weiter. »Wenn du mich nicht führen lassen willst, Kleine, muss ich dich wohl fesseln.«

Die Worte jagen mein Herz in meinen Hals. »Versprichst du das?«

Aber ich glaube nicht, dass wir Seile mitgebracht haben. Wir haben nur das Nötigste eingepackt, gerade genug, um über den Ozean zu kommen, und ich bin mir nicht sicher, ob jemand an Fesselspiele mitten auf See gedacht hat, als wir zum Ufer rasten.

Sein Atem wärmt meine Wange, dann meinen Hals, als er mich näher zieht und dabei Cues Hand zwischen uns zerquetscht. Cue lässt von mir ab und legt seinen Arm zurück auf meinen Hintern, streichelt meine Hüfte, während Rooster stößt und mich tiefer, vollständiger fickt. Ich lasse es zu und kämpfe gegen meinen Drang an, die Beine weiter zu spreizen, gegen den Zug, ihn mit meinem Knöchel zu mir heranzuziehen. Es scheint ihn jedoch nicht zu stören, dass meine Fingerspitzen sein Gesicht berühren. Ich drücke meine Handfläche gegen seine Wange, strecke meine Zunge heraus und zeichne seine Lippe nach, wobei ich mich von der Wärme seines Atems leiten lasse. Ich spüre Haare an meinen Geschmacksknospen, sein lockiger roter Bart verbirgt seinen Mund.

Rooster legt seine Hand auf meinen Oberschenkel und hebt meine Hüfte für mich an, dann stößt er härter zu. Ich stöhne. Cue drückt meinen Hintern. Ich kann seine Hitze an meinem Rücken spüren, die Härte seines Schwanzes an meinem unteren Rücken.

»Es klingt, als hätten wir hier eine Party.« Die Stimme kommt von der anderen Seite des Raums, aber ich würde Macks raues Grollen überall erkennen.

Cue hakt seine Arme unter meinen Achseln ein und zieht. Gleichzeitig schwingt Rooster seine Hüfte nach vorne, dringt tiefer in mich ein und rollt mich dabei auf Cues Brust.

Ich bin mir nicht sicher, ob Cue und Rooster dieses Manöver im Voraus besprochen haben, aber es läuft ab, als hätten sie es einstudiert. In dem Moment, in dem ich flach auf dem Rücken auf Cue liege, legt Cue seine Finger an meine Brustwarzen und drückt zu, während Rooster meine Oberschenkel weiter spreizt und zustößt.

Ich keuche auf. In diesem Winkel kann er viel tiefer eindringen, massiert die zarten Stellen in mir und reibt bei jedem Stoß seinen behaarten Schambereich gegen meine Klitoris. Cues Finger sind im Angriffsmodus, ziehen an meinen Brustwarzen und jagen mir eine Gänsehaut über den Körper, was das pulsierende Pochen zwischen meinen Beinen verstärkt. Cues Schwanz fühlt sich wie Stahl an meiner linken Pobacke an.

Ich greife nach Rooster, mit der Absicht, mich an seinem Rücken festzuhalten – vielleicht ein bisschen zu kratzen –, aber in dem Moment, in dem ich meine Hände hebe, packt jemand meine Handgelenke und zieht sie über meinen Kopf. Über Cues Kopf. Es ist nicht Cue; er spielt immer noch mit meinen Brustwarzen. Es ist nicht Rooster, dessen Hände immer noch auf meinen Oberschenkeln liegen. Und dann spüre ich weitere Hände, eine an jedem Knöchel, zwei Handflächen mit unterschiedlicher Weichheit und unterschiedlichem Druck, die meine Knie gebeugt halten und meine Füße am Bett verankern. Eine von ihnen – nein, zwei von ihnen – schlängeln ihre Finger zwischen meine Beine, um meine Klitoris zu reiben.

Ich seufze, als ihre Finger genau die richtige Stelle treffen. Roosters Schwanz verstärkt die Empfindung entlang des Nervs. Cues Finger treiben dieses Vergnügen auf neue Höhen, und jeder Streich bewirkt eine

Zunahme des Drucks in meinem Zentrum. Ich schnappe nach Luft in der Dunkelheit, keuche, und Rooster hält inne, gleitet dann aus mir heraus und rutscht tiefer, bis sein Gesicht zwischen meinen Beinen ist. Er schiebt seine Zunge in mich hinein, stößt sie rein und raus, rein und raus, während die anderen ihren erotischen Tanz am Scheitelpunkt meiner Oberschenkel fortsetzen.

Cue bewegt sich, eine subtile Bewegung, aber die anderen scheinen zu verstehen, was er vorhat, bevor ich es tue, denn wer auch immer auf meiner linken Seite ist, hebt meine Hüfte gerade genug an, um Cues Schwanz zu befreien. Als er mich wieder absenkt, ist Cue bereit, sein Schwanz drückt gegen meine Pussy, das Piercing an seiner Eichel streift nahe Roosters Zunge.

Die Männer bewegen ihre Finger von meiner Klitoris weg, um meine Schamlippen zu spreizen. Rooster reagiert darauf, indem er diese zarte Knospe mit seiner Zunge attackiert, und als ich stöhne, drückt Cue seine Hüften nach vorne und gleitet in mich hinein.

Ich wölbe meinen Rücken, aber ich kann mich nicht bewegen. Wer auch immer meine Handgelenke festhält, lässt nicht los. Ich ziehe, aber sie bleiben fest. Die anderen spreizen meine Knie weiter, während Cue mich von hinten fickt, Roosters Zunge wie ein Spielzeug, das nur für mich gemacht wurde, Cues Metallpiercing reibt köstlich gegen meinen G-Punkt.

Ich seufze, meine Muskeln spannen sich an, jede Bewegung zieht mich höher – ich werde kommen. Mein Rücken hebt sich vom Bett ab, der dünne Faden, der mich an die Realität bindet, wird immer schwächer, und dann –

Sie hören alle auf einmal auf, Cues Schwanz verharrt in mir, seine Finger bewegen sich nicht mehr auf meinen Brüsten. Cue zieht sich ganz zurück und lässt mich hohl zurück.

Ich schreie protestierend auf.

»Noch nicht, Izzy«, sagt Ryder – er ist derjenige über mir, der meine Arme festhält.

Noch nicht? Sadisten. Aber ich kann nur keuchen: »Ich werde explodieren.«

»Versprichst du das?«, sagt Rooster und wiederholt meine frühere Aussage. Er steht, glaube ich, jetzt etwas links von mir. Was haben sie –

Aber dann weiß ich es. Der Mann zu meiner Linken lässt meinen Fuß los, vermutlich übergibt er ihn an Rooster, der ihn packt und auf dem Bett platziert. Dann ist jemand anderes zwischen meinen Beinen. Ich spüre die Hitze ihrer Oberschenkel, als sie sich nähern, und dann rammt er seinen Schwanz mit einem einzigen Stoß in mich hinein, der mir den Atem raubt und meine Nerven zum Glühen bringt.

»Fick mich«, keuche ich. »Oh Gott, fick mich.«

Ryder kichert über meinem Kopf. Die Finger an meiner Klitoris kehren zurück, beide Paare kämpfen um die Chance, mich zum Schreien zu bringen.

Ich beiße mir auf die Lippe und versuche, ihnen nicht zu zeigen, wie nah ich dran bin. Aber es dauert nur Sekunden, bis sich der Druck erneut aufbaut, meine Nerven Feuer fangen, mein Rücken sich unwillkürlich wölbt.

Wieder hören sie auf.

»Verdammt noch mal, ihr Arschlöcher, kommt schon!«

»Es sieht so aus, als müssten wir etwas gegen dieses vorlaute Mundwerk unternehmen«, sagt Ryder. Ich spüre Druck auf dem Bett nahe meiner linken Schulter. Rooster? Es ist mir eigentlich egal, wer es ist. Eine Hand führt mein Gesicht in diese Richtung, und ich öffne meinen Mund. Als ich Druck an meinem Kinn spüre, sauge ich diesen Schwanz zwischen meine Lippen und schlucke ihn bis zum Anschlag, wobei ich meinen Würgereflex so gut wie möglich unterdrücke.

Die Dunkelheit ist eine samtene Decke, viel effektiver als eine Augenbinde. Meine Augen sind weit geöffnet, aber ich kann nichts sehen – keine Bewegung von beiden Seiten, kein zitternder Lichtstrahl, der anzeigt, dass jemand die Position wechselt, nur die berauschende Dunkelheit. Aber ich kann alles hören. Wegen der Abwesenheit von Sicht scheint die ganze Welt mit ihrem Atem durchwoben zu sein, mit Keuchen der Erregung, Zischen der Lust. Ihr Schweiß riecht nach Moschus und Salz, und der süße Duft von Blades Shampoo, der erdige Geruch von Roosters Seife.

Der Mann zwischen meinen Beinen hebt meinen verlassenen linken Knöchel auf seine Schulter und beschleunigt sein Tempo, fickt mich so hart, dass es schwierig ist, den Schwanz in meinem Mund zu behalten. Ich sauge härter, aber ich weiß jetzt, dass es Rooster ist – ich höre ihn keuchen: »Aye, Kleine, aye.«

Plötzlich will ich nur noch, dass er kommt. Aber ich kann meine Arme nicht bewegen, um ihn zu reizen; ich kann ihn nicht mit meinen Fingern packen. Ich kann nur meinen Kopf bewegen, aber ich glaube nicht, dass es lange dauern wird. Er hat mich schon gefickt – er muss bereit sein. Gott weiß, ich bin es.

»Wer fickt dich, Izzy?«, sagt Ryder.

Ich antworte nicht. Der Mann zwischen meinen Beinen stößt härter zu, knallt gegen meinen Gebärmutterhals, und ich sauge an Rooster, so gut ich kann. Als er gegen mein Gesicht stößt und in meinen Rachen eindringt, presse ich meine Lippen zusammen.

Er grunzt, und dann spüre ich es – die Tropfen heißen Salzes hinten auf meiner Zunge.

Er zieht sich schnell zurück, und ich nehme an, dass er seine Ladung auf das Bett schießt – ich höre ihn grunzen. »Aye, Mädchen. Jesus.«

Auch darauf reagiere ich nicht. Der Mann zwischen meinen Beinen und die Finger, die meine Muschi wie eine verdammte Gitarre spielen, lassen meine Nerven zittern. Als ob sie das spüren, hören sie alle wieder auf.

»Verdammt!«, schreie ich. »Verarscht ihr m-«

Der Mann auf mir rollt sich, zieht mich mit sich, bis ich oben bin, meine Knie zu beiden Seiten seiner Hüften. Ryder hat meine Arme losgelassen, um bei diesem Manöver zu helfen, aber jetzt packt er sie wieder und zieht mich nach vorne, aber nicht nach unten. Von dem Winkel her... er steht hinter der Couch, stelle ich fest, als ich den Stoff des Kissens unter meinen Handgelenken spüre. Der Mann unter mir hebt seinen Kopf und leckt meine Brustwarzen.

Ich keuche und versuche, meine Hüften zu bewegen, aber er hört auf und hält mich fest – *lass uns führen.* Ich spüre auch Hitze an meinem Rücken. Ich bin mir nicht sicher, wer hinter mir ist – ich fühle Haare. Vielleicht Ryder. Aber er ist doch vor mir, oder?

Der Mann in mir beginnt sich wieder zu bewegen. Und dann tastet jemand sanft mit seinen Fingern über meinen Hintern – glitschig von meinen Säften. Er versucht nicht, in mich einzudringen. Er neckt nur, testet. Es sendet Ranken von Elektrizität über meinen Rücken, die zur Intensität eilen, die bereits in meinem Zentrum existiert.

»Wer fickt dich, Izzy?«, diesmal Mack, glaube ich, von hinten.

»Ich... weiß nicht.«

»Wenn du es uns sagst, lassen wir dich kommen.«

»Blade«, rate ich.

»Glaubst du, wir würden diesen Arsch zuerst ranlassen?«, sagt Mack – er ist derjenige hinter mir, da bin ich mir jetzt sicher.

»Vielleicht. Nur damit ich falsch liege. Damit ihr einen Vorwand habt, mich zu quälen.«

Mack antwortet, indem er sich vorbeugt und meine Handgelenke von Ryder nimmt. Er zieht mich zu sich zurück, bis ich kerzengerade sitze und meine Arme weit ausgebreitet sind, in einem T. Der Mann unter mir packt meine Oberschenkel und arbeitet seine Hüften im Überstundentakt, pflügt in meine Muschi.

»Sie braucht ein wenig Aufmerksamkeit«, sagt Mack, aber die anderen bewegen sich bereits, und innerhalb von Sekunden habe ich zwei Lippenpaare an meinen Brüsten saugen, Finger, die erneut meine Klitoris stimulieren.

Der Mann zwischen meinen Beinen grunzt, stöhnt und zuckt, und Mack zieht mich gerade noch rechtzeitig hoch. Ich spüre klebrige Hitze an meinem Oberschenkel; Mack ist so groß, dass ich fast stehe. Jemand vergräbt sein Gesicht zwischen meinen Beinen, leckt meine Muschi, als wäre er noch nie durstiger gewesen. Mir ist so heiß, ich schwöre, ich kann jede Geschmacksknospe an meinen Schamlippen spüren, und als er meine Klitoris erreicht, innehält und atmet, bin ich fast soweit.

Aber sie sind noch lange nicht fertig.

Mack lässt mich herunter, und der Mann an meiner Klitoris geht mit ihm, bis ich auf meinen Knien bin und sein Gesicht reite – wer auch immer mich gerade gefickt hat, ist weg. Mack drückt sanft auf meinen Rücken und drängt mich auf alle viere.

Und dann spüre ich wieder einen Schwanz zwischen meinen Beinen, der von hinten in mich eindringt.

Ohhhh. Das ist definitiv Mack. Sie sind alle gut ausgestattet, aber Macks Monsterpenis ist unverkennbar.

Er schiebt vorsichtig die Spitze hinein, hält aber inne und findet meinen Hintereingang mit seinem Daumen. Er schiebt ihn in meinen Hintern. Ich seufze, lang und laut, aber er zieht seinen Daumen genauso schnell wieder heraus und ersetzt ihn durch zwei große Finger.

Der Druck ist intensiv. Es ist nicht ganz so, als würde ich in den Hintern gefickt werden, aber es reicht aus, um mich exquisit ausgefüllt zu fühlen, selbst ohne den Rest seines Schwanzes in mir. Er zieht seine Finger heraus, dann zieht er die Spitze seines Schwanzes heraus, um auf meinen Schamlippen zu ruhen. Der Mann unter mir, der an meiner Muschi leckt – ich denke, es ist Blade, ich bin fast sicher – saugt meine Klitoris zwischen seine Zähne.

Dann schiebt Mack seinen Schwanz und seine Finger gleichzeitig zurück in mich.

Ich quieke – ich kann nicht anders. Selbst ohne den Winkel, der seinen Schwanz direkt gegen meinen G-Punkt drückt, hätte sein Umfang dafür gesorgt. Ich bin so heiß und geschwollen, dass er mich wahrscheinlich innerhalb von Minuten zum Orgasmus hätte fingern können.

Er bewegt seinen Schwanz rein und raus, im gleichen Tempo wie seine Finger, aber ich kann eine Bewegung nicht von der anderen unterscheiden – ich bin voll, ausgefüllt mit Mack. Jede Nervenendung in meinem Körper gehört ihm.

Ich kann nicht denken. Ich kann nicht sehen. Ich kann nur fühlen, wie die Zunge zwischen meinen Beinen ihr hektisches Flackern erneuert, aufkeimende Wellen von Strom durch mein Blut rasen, jede intensiver als die letzte, während Mack mich mit seiner Hand und seinem riesigen Schwanz fickt. Ich stöhne und stoße meine Hüften gegen ihn zurück.

Er hört auf sich zu bewegen und zieht seine Finger aus meinem Hintereingang. Ich keuche bei dem stechenden Schlag seiner Handfläche auf meine Pobacke. Hat er mich gerade versohlt? »Nein, Isabelle.«

»Aber-«

Dann fickt er mich, hämmert mit solcher Kraft in mich hinein, dass die Federn im Bett knallen und stöhnen. Ich schreie laut auf und bemerke kaum, dass jemand meinen Kopf bewegt, bis der Ton von einem weiteren Schwanz in meinem Mund erstickt wird.

Meine Hände sind jetzt frei, aber ich bewege sie nicht. Ich lasse den Mann zu meiner Rechten mein Gesicht ficken. Es dauert nur ein paar Minuten, bis sie zwischen meinen Lippen zucken. Dann sind sie weg, aus meinem Mund. Allein zu wissen, dass sie neben mir im Dunkeln kommen – dass ich sie zum Kommen gebracht habe – ist so erotisch, dass es mich in Richtung Euphorie schleudert.

Mack hämmert in meine Muschi, fickt mich, fickt mich, meine Oberschenkel schmerzen genug, um blaue Flecken zu bekommen, aber mein G-Punkt schreit praktisch: »Ja! Mehr!«

Ich keuche, ich grunze, und dann explodieren meine Muskeln in Feuerwerken der Empfindung, ein plötzliches, extravagantes Anspannen... und dann...

Erlösung.

Ich halte den Atem an, während die Wellen durch mich hindurchkrachen, die pulsierende Ekstase so intensiv, dass ich mich nicht bewegen kann. Das Einzige, was mich aufrecht hält, ist Macks Hand unter meinen Rippen und die Stellen, an denen ich mit ihm verbunden bin. Meine sich zusammenziehenden Muskeln fangen seinen massiven Schwanz in mir ein.

Ich höre Mack vage grunzen. Ich spüre die Hitze in mir, als er loslässt.

Er zieht sich sofort zurück und lässt mich hohl zurück – lässt mich verlangend zurück – während die Kontraktionen pulsieren, pulsieren, pulsieren. Aber jemand anderes ist schon hinter mir, fickt mich, gleitet so leicht in mich hinein nach Macks Umfang. Als er um mich herumgreift, um meine Brustwarze zu kneifen, reißt die zweite Welle härter durch mich als die erste, kribbelt in meine Zehen und funkt durch mein Gehirn. Jeder Zentimeter meines Fleisches steht in Flammen vor völliger Glückseligkeit.

Ich bin nicht mehr ich selbst. Ich bin pure Lust. Ich gehöre ganz ihnen.

Ich möchte nichts anderes sein.

KAPITEL 8

ROOSTER

E s ist nicht die Bewegung, die uns wissen lässt, wann es Zeit ist zu gehen, sondern ein Klopfen an der Tür des Frachtcontainers. Blade ist derjenige, der die garagenähnliche Tür hochzieht und einen schmächtigen Mann enthüllt, der die gleichen Leggings wie Isabelle trägt und einen dicken Winterpullover, der eher zu einem arktischen Fischer passen würde.

Er nickt dem gesamten Laderaum zu, dreht sich dann auf einem Stiefelabsatz um und geht weg, sodass wir uns beeilen müssen, ihm zu folgen. Wir sind vorbereitet – größtenteils – aber das hastige Stopfen unserer wenigen Sachen in die Seesäcke und das Hineinschlüpfen in unsere Turnschuhe lässt uns hinter seinem hektischen Tempo zurückbleiben. Wir müssen uns beeilen, um ihn einzuholen, diesen Blödmann, dessen glänzendes Haar im Wind zwischen den Reihen von Frachtcontainern flattert, von denen die meisten wahrscheinlich mit Lebensmitteln oder Schuhen statt mit Menschen gefüllt sind.

Am Ende der Reihe biegt er rechts ab und verschwindet. Isabelle läuft schneller, ihre Locken fliegen hinter ihr her, und die anderen folgen ihrem Beispiel. Wir alle rennen, als wären wir zu spät für einen Flug, und ich schätze, genau das passiert gerade. Ich biege um die Ecke und blinzle – hier wurde ein breiter Freiraum zwischen der Fracht geschaffen, der eine lange Start-bahn mitten durch das Schiff bildet.

Jetzt verstehe ich den Pullover. Der Wind ist erbar-mungslos, und die Gischt vom Ozean hilft nicht gerade – jede Böe sendet Bänder aus zerbrochenem Glas über jedes Stück unbedeckter Haut. Hoffentlich ist es im Inneren des Flugzeugs etwas besser. Ich glaube, Blade sagte, der Flug dauert nur etwa fünf Stunden, aber ich würde lieber nicht mit dem Wind kämpfen müssen.

Wir haben genug, worüber wir uns Sorgen machen müssen.

Blade steht an der Seitentür des Flugzeugs, als ich dort ankomme, und winkt uns hinein. Cue und Ryder sind bereits mit dem Piloten drinnen, während Mack und unser Mädchen zur Tür eilen. Das Flugzeug selbst hat breite rechteckige Flügel, eine stumpfe Nase mit einem Propeller, genietete Außenwände und seltsame Stempel an der Seite – grau-grüne Kreuze. Es dauert nur einen Moment, bis ich erkenne, dass die Markierungen deutsch sind. *Hm.*

»Ich dachte, dein Typ wäre bei der United States Air Force«, sage ich zu Blade, als Isabelle einsteigt.

Blade zuckt mit den Schultern. »Ich hab nicht

gesagt, dass sein Flugzeug von der Air Force ist. Tiefe Rabatte, Baby.«

Er hat ein gebrauchtes deutsches Flugzeug gekauft? Ich runzle die Stirn, aber was wir tun, ist verrückter – verdammt, alles, was wir im letzten Jahr getan haben, war verrückter als ein Militärfahrzeug im Ausverkauf zu kaufen. Blade klopft mir auf den Rücken, als ich mich nach Mack ins Flugzeug hieve.

Der Innenraum ist nicht auf Komfort ausgelegt. Es gibt keinen einzigen Sitz im hinteren Teil, nur Platz für Kisten, orange Gurte, die von der Decke hängen, und lange Netzgeflechte, die an den Wänden befestigt sind, vermutlich um die Fracht vom Herumhüpfen abzuhalten.

Sollen die *uns* vom Herumhüpfen abhalten?

Isabelle sitzt bereits ganz links im Laderaum zwischen Mack und Ryder, das Netz an ihrem Rücken. Ich suche mir einen Platz neben Cue aus – neben einer Gruppe orangefarbener Gurte. Ich schlinge eine Faust um das nächste gewebte Band.

Blade zieht die Seitentür zu, tritt dann in den Gang zwischen uns, streckt seine Faust aus und öffnet sie, um... Ohrstöpsel zu enthüllen. Natürlich.

Wir nehmen alle ein Paar und stecken sie uns in die Ohren. Anders als letzte Nacht, als wir Vergnügen such- ten, ohne unsere Augen zu benutzen, ist der Verlust dieses Sinnes störend. Wir befinden uns in einer Situa- tion, in der es sich lohnt, wachsam zu sein – vorsichtig. Aber niemand wird das Flugzeug angreifen. Reicher Mann hin oder her, die Person, die hinter uns her ist, weiß nicht, wo wir uns in diesem Moment befinden, es sei denn, sie kennt Blades Piloten.

Und dann geht es los, ohne auch nur ein Niesen von unserem Gastgeber. Blade stolpert, fängt sich aber am Netz in der Nähe des Hecks und dreht sich, bis er auf seinem Hintern sitzt. Ich klammere mich an den Gurt, als das Flugzeug nach vorne ruckt und sofort an Geschwindigkeit gewinnt, mit einem mächtigen Ruck, der uns nach hinten schleudert. Zum Glück haben wir alle etwas zum Festhalten gefunden.

Aber der Druck lässt nach, als die Räder den Boden verlassen – überraschend schnell. Ich entspanne meine Finger am Netz, und die anderen tun es mir gleich, obwohl wir alle unsere Hände in der Nähe eines Halte-punkts behalten... für alle Fälle.

Die Zeit vergeht. Das donnernde Grollen der Motoren ist viel lauter als das unserer Motorräder, aber wie bei den Bikes gleicht sich das Dröhnen aus, bis es zu weißem Rauschen wird. Es gibt keine Fenster, aus denen man schauen könnte. Es gibt keine Spiele oder Bild-schirme, die mich ablenken könnten.

Das ist der schwierigste Teil: in meinen eigenen Gedanken eingesperrt zu sein. Ich kann meine Schwester vor meinem geistigen Auge sehen. Ich kann ihre Stimme hören, wie glücklich sie war, als ich ihr von Juliette erzählte, einem Baby, das eine Mutter brauchte. Adeline ist alles, was ich auf der Welt habe, abgesehen von denen in diesem Flugzeug.

Was habe ich getan?

Ich weiß, die anderen nehmen an, dass es um Mack geht – dass jemand Juliette entführt hat, um ihn zu bestrafen oder vielleicht um Jeff selbst zu bestrafen –, aber ich glaube nicht, dass das der Fall ist. Die Feinde des Kindes wurden beseitigt.

Ihre Entführer wollten die Grunge – den gesamten M.C. Sie wollen uns alle, und wahrscheinlich in gleichem Maße.

Werde ich in der Lage sein, mich selbst zu opfern, wenn es nötig ist? Für Isabelle könnte ich es. Für meine Schwester, auf jeden Fall. Für Juliette, sicher. Aber was, wenn sie mehr verlangen, als wir geben können? Was, wenn ich zwischen ihnen wählen muss?

Wir haben diese Möglichkeit nicht besprochen, und das aus gutem Grund – ich glaube, die Überlegung erschreckt die anderen wahrscheinlich. Aber wer auch immer die Grunge angegriffen hat, hat sie nicht um Geld gebeten, hat überhaupt nichts verlangt. Sie haben ihren Hass an denjenigen ausgelassen, die zufällig im Gebäude waren.

Ich bin zu dem Schluss gekommen, dass der »reiche Mann«, nach dem wir suchen, jemand ist, der in der Vergangenheit unsere Drogen benutzt hat. Vielleicht jemand, der dadurch verletzt wurde – jemand, der ein Familienmitglied durch Sucht oder Überdosis verloren hat. Wir stellen ein Qualitätsprodukt her, weitaus sicherer als jedes synthetische Produkt auf dem Markt, aber alles ist gefährlich, wenn es unsachgemäß konsumiert wird... oder wenn man allergisch ist. Und wenn sich jemand entschieden hat, unser Produkt zu nehmen und sich dann hinters Steuer zu setzen, nun ja...

Das würde schlecht enden. Kein Zweifel daran.

Ich blicke zu Cue hinüber. Sein Gesicht ist eine stoische Maske der Besorgnis. Ich weiß, er hat in Betracht gezogen, dass es mit unserem Produkt zusammenhängen könnte – da bin ich mir sicher. Cue wollte überhaupt nicht in die Drogenherstellung einsteigen. Er war tatsächlich vehement dagegen, aber es gab keine andere Wahl. Wir konnten die Drogen für willige Teilnehmer herstellen oder ein Kind wegen der Handlungen seines Vaters sterben lassen. Jeff hat Juliettes Mutter vergiftet – sie getötet und Juliettes winziges Herz nutzlos gemacht. Es hat sich immer passend angefühlt, dass wir Gift verwenden, um das Leben des Kindes zu retten.

Ryder mag es nicht, wenn ich es so nenne – Gift – aber Cue stimmt zu. Ich weiß, dass er das tut.

»Ich muss kotzen«, sagt Isabelle, aber ich kann die Worte nicht hören; ich kann sie nur anhand der Bewegung ihrer Lippen und des grünlichen Schimmers in ihrem Gesicht ableiten.

Blade scheint vorbereitet zu sein, denn er schnappt sich einen Eimer aus der Ecke und schiebt ihn ihr unters Gesicht. Sie würgt, aber ich kann es über das Grollen der Motoren nicht hören.

Ich wende mich ab, mein Gesicht zur unscheinbaren Vorderseite des Flugzeugs gerichtet. Es ist eine Szene, die ich nicht ungern verpasse.

KAPITEL 9

ISABELLE

Wir machen uns nicht die Mühe, nach der Landung einen Platz zum Übernachten zu finden - wenn nötig, werden wir uns auf der Straße mit dem Schlafen abwechseln. Alles, was zählt, ist Juliette. Wir sind so schnell wie möglich hergekommen, aber ich kann das Gefühl nicht abschütteln, dass wir schon zu spät sind, um sie zu retten.

Rooster fühlt dasselbe, das kann ich spüren. Seine großen Hände haben seit Tagen nicht aufgehört, sich zu bewegen. Als ich es leid bin, seine dicken Finger gegen das Lenkrad des gemieteten Vans trommeln zu sehen, wende ich mich der Landschaft jenseits des Beifahrerfensters zu.

Die sanft geschwungenen grünen Hügel sind atemberaubend, Berge und Bäche wie aus einem Märchen. Aber ich kann sie nicht genießen. Meine Brust ist vor Angst wie zugeschnürt. Ich habe schon viel durchgemacht. Ich bin schließlich eine Diebin - eine Betrügerin - aber das hier ist anders. Das Leben eines kleinen

Mädchens steht auf dem Spiel. Und ich habe keine Ahnung, was ihre Entführer von uns verlangen werden.

Vielleicht rührt ein Teil meiner Beklemmung daher, dass ich weiß, wie es sich anfühlt, gefangen zu sein; ich wurde auch schon festgehalten. So habe ich die Jungs kennengelernt. In der Nacht, als ich aus Jeffs Keller floh, bin ich in einer Gasse auf die Renegades gestoßen. Ich hatte die verschlossene Tür vielleicht verdient - ich wollte schließlich Jeffs Geld stehlen - aber Juliette ist unschuldig.

Ich seufze. Die Luft hier draußen ist süß nach dem Frachtcontainer, mit einer Frische, die mich fühlen lässt, als wäre ich in einer völlig anderen Welt. Dieses Gefühl verstärkt sich nur, als wir uns weiter vom Wasser entfernen und tiefer ins Landesinnere vordringen.

Es sind nur etwa dreihundert Meilen von einer Seite des Landes zur anderen, und nach unseren jüngsten Eskapaden vom Süden der Vereinigten Staaten nach Kanada bis zu unserer großen Frachtschiffreise fühlt es sich trotz des drängenden Summens unter meiner Haut wie keine Entfernung an. Aber die Sonne sinkt bereits am westlichen Himmel, als Rooster den Van verlangsamt und nach rechts auf eine Schotterstraße abbiegt.

Ich setze mich aufrechter hin, als er über den Kalkstein manövriert. Es ist zweifellos malerisch. Es gibt eine lange, sich windende private Einfahrt, eine Scheune auf der einen Seite, eine Weide mit pickenden Hühnern auf der anderen, deren ölige Federn im sterbenden Licht vergoldet sind. Das Haus selbst ist ein Steincottage, nicht unähnlich dem, das wir kurzzeitig in Kanada hatten... bevor es bis auf die Grundmauern niederbrannte.

Mann. Wir hatten wirklich verdammtes Pech. Aber nicht so schlimm wie Juliette, die wegen der Drogen, die Jeff ihrer Mutter gab, eine Herztransplantation brauchte. Mack ist der einzige Grund, warum sie noch am Leben ist. Mack ist der Grund, warum sie eine Transplantation bekam, der Grund, warum sie bei Roosters Schwester ist.

Der Grund, warum sie sicher war... bis jetzt.

Rooster bremst bis zum Stillstand und reißt die Schlüssel aus der Zündung. Einen Moment lang sitzen wir alle da und starren das Haus an. Von außen wirkt es unscheinbar, braun-graue Steine, ein roter Backsteinkamin, der sich mit den anderen Baumaterialien fehl am Platz anfühlt. Ein älteres Nissan-Modell steht am anderen Ende der Einfahrt, nahe am Haus. Wahrscheinlich Adelines Auto, das hier zurückgelassen wurde, als sie entführt wurden. Neben dem Auto steht ein Kinderdreirad, die Räder nach oben, und im Glitzern der letzten Sonnenstrahlen kann ich mir fast vorstellen, dass sich das Vorderrad dreht.

Ich kann meinen Blick nicht von diesem Dreirad abwenden. Es starrt mich an, flüstert von verlorenen Dingen. Von verlorenen Leben. Ich sehe Jeffs Augen in den Speichen. Der Mann, den Ozzy ins Haus brachte - sein amputierter Fuß.

Rooster und Mack steigen gleichzeitig aus dem Fahrzeug, beide auf der linken Seite des Vans, offenbar müde vom Dasitzen und Starren. Ich öffne meine Tür, halte einen Herzschlag lang inne, die Füße auf dem Kies, und folge den beiden dann auf die breite Holzveranda, die mehr an ein südliches Plantagenhaus erinnert als an ein Landhaus.

Rooster versucht den Türknauf. Er lässt sich drehen.

Das ist kein gutes Zeichen. Es lässt meine Schultern verkrampfen und mein Herz erschaudern. Ich habe es erwartet, oder? Welcher Entführer würde sich die Mühe machen, die Tür hinter sich abzuschließen? Aber ich spüre trotzdem, dass etwas nicht stimmt - es ist nicht, wie es sein sollte, nicht, wie es wäre, wenn sie hier wären.

Im Inneren ist das Haus im dämmrigen Abend dunkel, Staubpartikel sind die einzigen Bewohner. Rooster betätigt den Lichtschalter, und der vordere Raum füllt sich mit einem gelbstichigen Licht, das scharfe Schatten an die Wände wirft.

»Ich fange in der Küche an«, sagt Rooster.

Ich nicke und gehe Richtung Flur. Keiner von uns ist sich sicher, wonach wir suchen, aber ich glaube, wir hoffen alle, dass wir es erkennen werden, wenn wir es sehen. Das Wichtigste ist einfach, hier zu sein. Keine einzige weitere Nachricht wurde durch Ozzys fußlosen Freund übermittelt, nur dass wir bis zum Ende der Woche Zeit hätten, sie zu finden. Und es gab nur einen Ort, an den wir gehen konnten - den letzten Ort, an dem wir wussten, dass sie existierte. In Ermangelung anderer Möglichkeiten tun wir unser Bestes.

Ich biege in das erste Schlafzimmer ein: Adelines Zimmer. Der Raum ist ordentlich, wenn auch etwas staubig - ein Queensize-Bett, eine breite antike Kommode mit geschnitzten Knäufen und ein passender Spiegel in der Ecke. Ich kneife die Augen zusammen und betrachte die Bettdecke, dann gehe ich auf die Knie und schaue unter die Tagesdecke. Sauber unter dem Bett - fast zu sauber angesichts des leichten Staubfilms auf den restlichen Möbeln - aber das ist nicht unbedingt verdächtig.

Der Nachttisch enthält Lippenbalsam aus Bienenwachs und Honig, eine Lesebrille und ein paar Taschenbücher. Keine Geldbörse oder Schlüssel, aber die werden wahrscheinlich in der Küche oder auf einem Flurtisch sein, es sei denn, der Entführer hat sie mitgenommen.

Mein Herz zieht sich zusammen, aber ich bin ein wenig erleichtert. Es gibt hier kein Blut, nicht ein einziges Anzeichen für einen Kampf. Und wenn er mitten in der Nacht über sie hergefallen ist - was nur logisch wäre -, dann hätte er in diesem Schlafzimmer angreifen müssen, es sei denn, sie hätte im Kinderzimmer geschlafen, als er kam, um sie zu holen. Vielleicht findet Ryder nebenan viel beunruhigendere Beweise. Ich kann sie alle da draußen hören: das Quietschen von Scharnieren, klappernde Metallobjekte in der Küche, das dumpfe Geräusch schwerer Gegenstände auf den Böden, jemand, der Möbel verrückt.

Ich gehe zur Kommode, zu verziert für meinen Geschmack, zu ornamental. Und obwohl es sich anfühlt, als würde ich spionieren, kann ich nicht ausschließen, dass es hier etwas zu finden gibt. Ich schiebe die oberste Schublade auf und runzele die Stirn.

Leer. Hm. Ist das seltsam? Sicher, es ist möglich, dass sie nicht genug Kleidung hat, um das Ding zu füllen. Es sind nur sie und das Kind in diesem Haus, und das

Möbelstück ist groß genug für die Kleidung eines Paares. Aber es fühlt sich nicht richtig an.

Ich öffne die nächste Schublade darunter. Diese enthält ein paar zerknitterte Tanktops und ein Spitzenteil, das ich mir selbst nie kaufen würde. Vielleicht mag sie es, sich heimlich hübsch zu fühlen - Rooster hatte keinen Freund erwähnt. Aber die Sachen in dieser Schublade nehmen weniger als ein Viertel des verfügbaren Platzes ein. Die nächste Schublade darunter ist voll mit Fleece-Mützen, isolierten Karohem-den und einer Reihe dicker Wollpullover.

Ich trete zurück und kneife die Augen zusammen. Die Sachen in der untersten Schublade sind genau die, die man für den Winter eingepackt erwartet - ein bisschen zu schwer, um jetzt nützlich zu sein, obwohl der Herbst in vollem Gange ist. Aber die anderen Schubladen, die leeren ...

Hm. Ich habe nur sehr wenige Kleidungsstücke gesehen, die zur aktuellen Jahreszeit passen würden. Hat der Entführer ihre Sachen gepackt? Das wäre gut. Wenn er ihre Kleidung eingepackt hat, dann erwartet er offensichtlich, dass sie länger als eine Woche leben wird.

Ich scanne den Rest des Zimmers, aber es gibt keine anderen Truhen oder Kommoden, in denen sich ihre Sachen verstecken könnten. Es ist möglich, dass sie im Kleiderschrank sind, nehme ich an. Und ... ah, dort sollte sie ihr Gepäck aufbewahren. Wenn ich keinen einzigen Koffer oder auch nur eine Reisetasche finden kann, dann gehe ich davon aus, dass er ihre Kleidung mitgenommen hat. Und ein guter Packer, ein guter Planer, würde auch Medikamente mitnehmen.

Das wäre das Best-Case-Szenario. Wenn Juliette ihre Medikamente hat, wird uns das Zeit verschaffen. Und ich möchte Rooster wirklich einige hoffnungsvolle Neuigkeiten überbringen. Ich denke, wir alle brauchen das.

Ich gehe zum Kleiderschrank, der einzigen Falttür am hinteren Ende des Zimmers.

Ich öffne sie. Und erstarre.

Ich blicke direkt in den Lauf einer Pistole.

KAPITEL 10

Die Welt verlangsamt sich zu einem Schneckentempo, die Geräusche der anderen verblassen in meinen Ohren. Es gibt nur noch die Waffe, die tiefe, dunkle Höhle wie der Blick in ein schwarzes Loch. Ich schmecke Metall, als wäre es bereits zwischen meine Zähne gepresst - als hätte er den Abzug schon betätigt. Wenn ich blinzle, sehe ich den Schädel meines Vaters, die gezackte Krone aus zersplittertem Knochen an seiner Schläfe.

Ich will nicht so enden. *Ich will nicht sterben.*

Ich hebe meine Hände - immer eine gute Idee, wenn jemand eine Waffe direkt auf dein Gesicht richtet - aber die Waffe senkt sich auf Brusthöhe, bevor ich die Bewegung vollenden kann. Der Mann hinter der Waffe kommt mir bekannt vor, obwohl ich sicher war, ihn nie wiederzusehen. Wir alle dachten, er wäre tot.

Er kommt näher, die Waffe auf mich gerichtet. Ich weiche langsam zurück.

»Was machst du hier?« Es ist eine dumme Frage,

aber die einzige, die mir einfällt. Von allen Leuten, die ich hinter dieser Sache vermutete, stand Ronnie ganz unten auf meiner Liste.

»Das könnte ich dich genauso gut fragen«, sagt er, seine Augen kalt - so anders als beim letzten Mal, als ich ihn sah.

Groß und tadellos wie immer, mit Anzeichen von Falten um die Augen. Aber als wir uns das letzte Mal sahen, half er mir. Er war ein Renegade-Anwärter vor Blade, der Mann, den Mack schickte, um mir aus Jeffs Keller zu helfen. Er war meine Flucht - mein Held.

Und dann verschwand er spurlos.

»Du bist aus Jeffs Keller entkommen und zu seinem Bruder gegangen?«, fragt er. »Das habe ich sicher nicht kommen sehen.«

»Ich versichere dir, es war reiner Zufall.« Oder Schicksal, je nachdem, ob man daran glaubt ... und ich fange an, es zu tun. »Du hast die Dosierung der Drogen, die du mir gegeben hast, vermasselt - es war nur genug, um Jeff außer Gefecht zu setzen. Du hast ihn am Leben gelassen.«

»Es scheint, du hast diesen Fehler korrigiert«, erwidert er, aber in einem gezischten Flüstern - er ist sich sicher bewusst, dass die anderen hier sind. »Jeff ist jetzt definitiv tot.«

»Du kannst mir das nicht vorwerfen.« Aber er könnte - ich habe geholfen, Jeff zu töten. Ich zucke mit den Schultern, versuche, lässig zu wirken, aber mein Mund ist so trocken, dass es schwer ist, die Worte herauszubringen. »Du bist derjenige, der mich eine Woche lang in einem Keller gelassen hat, bevor du dich entschieden hast, mir zu helfen. Aber ich bin dankbar, dass du es getan hast - du hast mich gerettet. Ich dachte, du wärst so ein netter Kerl.« Ich schlucke schwer und zwinge meine Füße, sich zu bewegen, näher an ihn heran, näher an die Waffe, mit einem schlurfenden, nicht konfrontativen Gang. »Warum würde so ein netter Kerl also Juliette entführen?«

Er weicht zurück, aber nicht in Richtung des Schranks; in Richtung des Fensters, dessen Sims im purpurnen Blau der Dämmerung gemalt ist. Seine Knöchel sind weiß um den Griff der Waffe. »Ich will dir nicht wehtun, Isabelle.«

»Das beantwortet meine Frage nicht.«

»Ich schulde dir keine Antwort«, sagt er. »Ich habe getan, was ich konnte; ich habe dich rausgeholt. Aber das Töten überlässt man am besten deinen Freunden.«

Ich runzle die Stirn. Es hört sich ganz sicher nicht so an, als würde er von Jeff sprechen.

»Die Männer, mit denen du jetzt zusammen bist, sind Tiere«, fährt er fort, als wolle er meine Vermutungen bestätigen. »Mörder.«

»Du bist derjenige mit der Waffe, die auf mein Herz gerichtet ist.«

Er fixiert mich mit seinem Blick. Er senkt die Waffe. »Meine Schwester, Ursula ... sie hat es auf die harte Tour erfahren. Verschwinde, solange du noch kannst, Isabelle. Bevor es zu spät ist. Sie sind viel schlimmer als Jeff.«

Ich höre ein Rascheln aus dem Wohnbereich - etwas knallt gegen eine Wand, oder vielleicht ist es eine zuschlagende Tür. Es sind erst ein paar Minuten vergangen, aber es wird nicht mehr lange dauern, bis sie mit der Durchsuchung ihrer jeweiligen Bereiche des Hauses fertig sind und in diesen Raum zurückkehren, um meinen Fortschritt zu überprüfen.

»Ich kann jederzeit gehen«, sage ich. »Ich bin keine Gefangene. Aber du bist genauso schlimm wie Jeff, wenn du dieses Mädchen und ihre Mutter entführst.« *Leben sie? Bitte gib mir irgendeinen Hinweis darauf, dass sie am Leben sind.*

Er antwortet nicht auf meine unausgesprochene Frage. Ronnie trifft meinen Blick und blinzelt, fast traurig. »Sei vorsichtig, Isabelle.« Mit einem letzten Blick zur Tür greift er nach dem Fensterrahmen. *Scheiße.* Will er versuchen zu fliehen?

Ich trete nach ihm - *Was machst du da? Er hat verdammt nochmal eine Waffe!* - aber es ist zu spät, um jetzt noch zu zögern. Der Tritt trifft seinen Schienbein hart. Ronnie stolpert gegen die Wand. Seine Waffenhand schwingt weit aus, schlägt gegen den Putz, aber die Waffe löst sich nicht. Gott sei Dank löst sie sich nicht.

»Hey!«, schreie ich und beschließe offenbar, das Schicksal so hart wie möglich herauszufordern. »Mack, Ryder, Leute!«

Ronnie hat das Fenster bereits geöffnet. Er tritt das Fliegengitter heraus. Ich stürze mich auf ihn, versuche meine Arme um seinen Hals zu schlingen, aber ich bin nicht schnell genug. Es gelingt mir, seine Jacke zu packen, als sein Kopf und seine Schultern durch die Öffnung verschwinden. Er kämpft einen Herzschlag lang mit der Jacke, dann streift er sie von seinen Armen, als er den Rest des Weges durch das Fenster und auf den Rasen springt.

Donnernde Schritte ertönen hinter mir. Ich drehe mich um und sehe Ryder den Raum betreten. Seine Augen weiten sich, als er Ronnies sich entfernenden Rücken sieht, der bereits den Kiesweg entlangläuft und mit jedem unregelmäßigen Schlag meines Herzens mehr Abstand zwischen uns bringt.

Ryder rennt zum Fenster und wirft sich hindurch. Ich höre, wie die Haustür zuschlägt. Aber das Auto, das ich auf dem Weg hierher bemerkt habe, der Nissan, steht ganz hinten an der Ecke des Hauses, nahe dem Fenster. Das muss seins sein, und er ist schon dort, seine Finger am Türgriff.

Ryder stürzt darauf zu, rennt so schnell er kann, aber Ronnie ist schneller, und als Ryder es schafft, die Motorhaube zu berühren, fährt das Fahrzeug bereits rückwärts die Auffahrt hinunter und wirbelt eine graue Staubwolke auf.

Aber Rooster ist auch draußen, und Rooster hat die Schlüssel. Er springt in den Van; Ryder folgt. Kies spritzt auf, prallt gegen die Hauswand. Und in der Staubwolke ist noch eine weitere Gestalt ...

Ich kneife die Augen zusammen.

Cue steht auf der Auffahrt und starrt auf die Rück-lichter des Vans, der die Straße hinaufjagt, um den Nissan zu verfolgen. Aber er fällt schon zurück. Der Van wird den Nissan niemals an Geschwindigkeit schlagen können, und Ronnie hat einen Vorsprung. Aber viel-leicht haben sie Glück. Vielleicht gelingt es ihnen, ihm weit genug zu folgen, bis er einen Platten bekommt.

Vielleicht fährt er eine Kuh an. Ich meine, arme Kuh, aber wenn es Juliette rettet ...

Ich drehe mich um und sehe Mack hinter mir stehen, die Stirn runzelnd. Ich habe gar nicht bemerkt, wie er hereingekommen ist, so sehr war ich in die Ereignisse draußen vertieft. »Sie verfolgen das Auto«, sage ich.

Aber Mack antwortet nicht. Er sieht mich nicht an, und er sieht auch nicht zum Fenster. Er bückt sich, greift nach etwas auf dem Boden - die Jacke. Ronnies Jacke. Gut - vielleicht gibt es eine Adresse oder eine Hotelschlüsselkarte, irgendeinen Hinweis.

Mack hebt sie vom Holzboden auf, schüttelt sie aus, aber bevor er in die Taschen greifen kann, fällt etwas heraus und trifft mit einem nassen *Platsch* auf den Boden.

Der Gegenstand auf dem Boden ist keine Schlüsselkarte. Es ist keine Brieftasche oder ein Kaugummipack.

Eine Marke.

Wir starren beide darauf.

Ronnie ist ein Bulle.

KAPITEL 11

Was zum Teufel?« Mack nimmt die Marke und starrt sie an. Ich kann meinen Blick nicht abwenden. Der Mann, der mir geholfen hat, Jeff zu betäuben, der gerade eben noch eine Waffe auf mich gerichtet hat ... er ist ein Gesetzeshüter? Ein echter Gesetzeshüter?

Nein. Er mag offiziell ein Polizist sein, aber er ist nicht rechtschaffen. Er muss korrupt sein, bis ins Mark.

Endlich gelingt es mir zu atmen und ich räuspere mich. »Es sieht so aus, als hättest du den falschen Kerl als Anwärter ausgewählt. Bei all deinem Misstrauen, wie zum Teufel konnte er dich täuschen?«

Mack schüttelt den Kopf. »Er hat mich nicht getäuscht. Er hat getan, was er sollte, und dich aus Jeffs Keller geholt, und dann ist er ...« Von der Bildfläche verschwunden. Mack schüttelt erneut den Kopf. »Er kann kein Bulle sein«, sagt Mack. »Auf keinen Fall. Welcher Bulle würde dich auch nur eine Stunde länger dort lassen, nachdem er erkannt hat, dass du eine Geisel warst? Es hat Tage gedauert, einen Plan zu entwickeln, zu mobilisieren, diese Drogen zu beschaffen. Wenn er ein Bulle wäre, hätte er Verstärkung gerufen, Beamte mit einem Durchsuchungsbefehl.«

»Er arbeitet offensichtlich nicht im Rahmen des Gesetzes, Mack. Glaubst du, er hat ein paar Meth-Junkies dafür bezahlt, das Grunge zu zerlegen, während er mit der Polizei zusammenarbeitet? Allein die Tatsache, dass er hier ist, in einem anderen Land ... Ich meine, er arbeitet offensichtlich nicht in derselben Funktion mit den örtlichen Bullen.« Er ist hier für ... Rache. Um uns zu verletzen. Und ich verstehe immer noch nicht, warum.

Aber seine Worte hallen in meinem Kopf nach: *Töten ist etwas, das man am besten seinen Freunden überlässt. Die Männer, mit denen du zusammen bist, sind Tiere. Mörder.*

Ist er aufgebracht, weil wir Jeff getötet haben? Das kann ich mir nicht vorstellen. Selbst wenn Ronnie ein Bulle ist, war Jeff die Art von Mensch, über dessen Verschwinden sich sogar Polizisten freuen würden ... auch wenn sie es nicht laut sagen konnten.

»Welchen möglichen Grund könnte Ronnie haben, um ...« Mack lässt sich auf die Matratze sinken und stützt die Ellbogen auf die Knie, sein Blick glasig – fassungslos. »Ich habe ihm nichts getan; es ist nicht so, als hätte ich ihn durch Reifen springen lassen, wie wir es bei Blade getan haben. Seine Aufgabe war es, dir bei der Flucht zu helfen, dann sollte er anfangen, für uns zu arbeiten. Aber er ist einfach verschwunden. Man sollte meinen, wenn er mitten in einer Vendetta stecken würde, wäre er geblieben – dass er schon früher gegen uns vorgegangen wäre. Er wusste genau, wo wir waren.«

»Vielleicht hat er das vorher getan, als wir in Kanada waren. Aber als wir in das Haus meines Vaters gezogen sind –«

»Der Club wusste, wo wir waren – Ozzy hat nicht einfach geraten. Wir waren nicht gerade gut versteckt.«

Also, was hat sich noch geändert, seit ich Ronnie zuletzt gesehen habe? »Stand Ronnie gut mit Dominick?«

Aber meine Mutter war diejenige, die ihn erschossen hat, und sie lebt noch in einem Krankenhaus in Kentucky. Er muss nicht durch uns gehen, um an sie heranzukommen. Und er muss sicher nicht durch Juliette gehen.

Mack schüttelt bereits den Kopf. »Nein. Ich habe Ronnie durch Hanson kennengelernt – ein anderes Grunge-Mitglied. Sie hatten irgendein Nebengeschäft am Laufen, verkauften gefälschte Handtaschen, so ein komisches Rüschenzeugs. Soweit ich weiß, hat Ronnie Dominick nie getroffen, was ein Grund dafür war, dass ich offen dafür war, ihn als Anwärter bei uns aufzunehmen.« Er sieht mir in die Augen, und ich höre, was er nicht sagt: Er ließ nie jemanden zu nahe kommen, wenn er dachte, Dominick hätte sie in der Tasche. Aus genau diesem Grund – unter anderem – war er auch bei Blade unschlüssig.

Aber dann kommen mir die restlichen Worte von Ronnie wieder in den Sinn: *Meine Schwester, Ursula ... sie hat es auf die harte Tour erfahren.*

»Wer ist Ursula?«, frage ich.

Er richtet sich auf und legt den Kopf schief. »Wer?«

»Seine Schwester. Er sagte, sie hätte auf die harte Tour erfahren, dass ihr Mörder seid.«

Er hebt eine Augenbraue, aber wir drehen uns beide um, als die Hintertür gegen die Wand kracht. Mack ist auf den Beinen, bevor ich mich bewegen kann, und ich folge ihm in den Wohnbereich. Die Stille umhüllt uns wie ein giftiges Gas. Ronnie glaubt, einer von uns – einer von ihnen – hätte seine Schwester getötet? Ist das möglich?

Macks Schultern entspannen sich, als wir aus dem Flur treten. Blade nähert sich von hinten und wischt sich die Hände an seiner Jeans ab. »Draußen im Wald ist niemand«, sagt er. »Ich habe das ganze Gelände abgesucht. Wenn Ronnie mit jemand anderem zusammenarbeitet, hat er sie nicht hierher gebracht.«

Weil er noch nicht wusste, dass wir hier sein würden. Aber ... warum *war* er hier, wenn er das Kind mitgenommen hatte? War er zurückgekommen, um ihre Sachen zu holen? Und wenn er dachte, Mack und die anderen wären Mörder, warum hatte er dann zugestimmt, mit ihnen zusammenzuarbeiten, selbst wenn es nur lange genug war, um mir zu helfen?

»Hat Ronnie dir gegenüber je seine Schwester erwähnt?«, fragt Mack Blade.

Blade runzelt die Stirn. »Wer ist Ronnie?«

Ja, Ronnie mochte vielleicht ein einziges Grunge-Mitglied gekannt haben, aber er war so weit außerhalb des Hauptclubs, dass niemand überhaupt wusste, wer er war. Mack antwortet, indem er ihm die Marke reicht.

Blades Augen weiten sich. »Scheiße. Die Bullen sind da dran?«

»Nicht ganz.« Mack weiht ihn in Ronnies Geschichte ein – wie er mir geholfen hat, aus Jeffs Keller zu entkommen und prompt verschwand. Wie wir dachten, er wäre tot ... bis jetzt.

Als er fertig ist, kneift Blade die Augen zusammen und betrachtet die Marke. »Hier steht, er ist aus Cleveland.« Er hebt den Blick. »Kennen wir jemanden aus Cleveland?«

Mack schüttelt den Kopf und sieht mich an, aber ich zucke mit den Schultern. »Mir fällt niemand ein.«

»Kommt Ryder nicht aus Ohio?«, sagt Blade.

Mack und ich tauschen einen Blick, dann wendet sich Mack wieder zu Blade. »Was bringt dich auf den Gedanken?«

»Er hat einen Ohio-State-Pullover in seiner Schublade. Ganz zerlumpt.«

Ich bin mir nicht sicher, warum Blade in Ryders Sachen herumgewühlt hat, aber das scheint nicht der richtige Zeitpunkt zu sein, darauf herumzureiten. Wir können Ryder danach fragen, wenn er zurück ist.

Ich sehe mich im Wohnzimmer um, das ganz im 80er-Jahre-Kitsch eingerichtet ist, dann durch den Bogen in die Küche. Keine andere Bewegung. Keine Geräusche außer uns.

»Wo ist Cue?«, frage ich. Ich kann mich plötzlich nicht mehr erinnern, wo ich ihn zuletzt gesehen habe.

»Ich habe ihn nicht mehr gesehen, seit wir Ronnie verjagt haben«, sagt Blade. »Er muss im Auto bei Ryder und Rooster sein.«

Das macht Sinn. Ich starre durch das Vorderfenster in die Dunkelheit.

Mack seufzt. »Musste es ausgerechnet verdammtes Ohio sein?«

KAPITEL 12

Es gab Zeiten in der Vergangenheit, in denen wir keine Laptops mitgenommen haben - als wir mit Wegwerfhandys lebten und unser Wissen durch Besuche in der örtlichen Bibliothek ergänzten. Aber wir haben unsere Lektion gelernt, und wenn wir eine Möglichkeit haben, Elektronik mitzunehmen, tun wir das auch.

Aber jetzt haben wir keinen Zugang zum Laptop - er ist im gemieteten Van zusammen mit unserer Kleidung, und die Hälfte unserer Gruppe benutzt das Fahrzeug gerade, um einen Gesetzeshüter zu verfolgen. Was könnte da schon schiefgehen?

Ich setze mich neben Mack auf die Couch und lehne meinen Kopf an seine breite Schulter. Plötzlich bin ich erschöpft - ausgelaugt - und seinen geröteten Augen nach zu urteilen, könnte er auch ein Nickerchen gebrauchen. »Glaubst du, Ryder hat Ronnies Schwester getötet?«

»Ich denke, wenn er es getan hätte, hätte Ryder es uns gesagt.«

»Hätte er gewusst, dass es ein Problem war?« Als Mack die Augenbrauen hebt, füge ich hinzu: »Nicht der Tötungsteil. Ich bin sicher, er hätte dazu Gefühle gehabt. Ich meine den Ronnie-Teil. Hat er Ronnie je getroffen, um zu wissen, ob seine Vergangenheit ihn einholte?«

»Nun ... nein.«

»Hat irgendjemand Ronnie getroffen? Weiß sonst jemand in der Gruppe, wer er ist?«

Er seufzt. »Ich wollte es ihnen sagen. Wirklich. Aber es war weniger als eine Woche zwischen meinem Treffen mit Ronnie und dem Moment, als er dich aus diesem Keller befreite. Und dann ...«

Dann war ich bei ihnen. Und Ronnie war weg.

Ich seufze. »Ich verstehe den Racheaspekt, aber Adeline zu entführen ... das ist verrückt. Wenn er sich so gerecht und rechtschaffen als Polizist fühlt, ergibt es keinen Sinn, eine weitere unschuldige Frau zu töten.« Ich muss ›oder Kind‹ nicht aussprechen. Der Schmerz in Macks Augen spiegelt dieses Gefühl mehr als deutlich wider.

Mein Herz schmerzt. Ich wünschte, ich könnte es ihm abnehmen. Dass ich ihn, nur für ein paar Minuten, vergessen lassen könnte, dass seine Nichte in Gefahr ist.

»Vielleicht hat er nicht vor, sie zu töten«, schlägt Blade vor, und wir drehen uns beide um, um ihn im Torbogen zur Küche stehen zu sehen. Ich hatte fast vergessen, dass er hier ist. »Vielleicht wollte er uns nur in Schottland haben - außerhalb der Staaten.«

»Schön«, räumt Mack ein, »aber wenn das der Fall ist, warum ist er dann allein aufgetaucht? Er konnte doch nicht gedacht haben, dass er es mit uns allen gleichzeitig aufnehmen könnte.«

Darauf hat keiner von uns eine Antwort. Die Stille dehnt sich aus. Von draußen kommen keine Geräusche; kein mahlendes *Schh* von Reifen - kein Rooster, kein Ryder, kein Cue.

»Ich werde die Dusche benutzen«, sagt Blade plötzlich, und ich zucke zusammen.

Verdammt, ich bin angespannt. Eine Waffe auf dich gerichtet zu haben, wird das bewirken.

»Wir waren tagelang in diesem Frachtraum und haben uns nur die Achseln abgewischt«, fährt er fort. »Und wer weiß, wie lange es dauert, bis die anderen hierher zurückkommen? Es ist ja nicht so, als könnten wir einfach gehen.«

Das stimmt allerdings. Wir haben nur zwei Wegwerfhandys, und Rooster und Ryder haben sie. Typisch.

»Kann nicht schaden«, sagt Mack. Er hebt seinen Arm und senkt sein Gesicht in Richtung seiner Achselhöhle. Er verzieht das Gesicht. »Aber lasst uns versuchen, das Warmwasser nicht zu überfordern.«

Blade hebt eine Augenbraue, aber es wirkt schelmisch. »Das heißt -«

»Wenn du es nicht rausfindest, kannst du dich draußen mit dem Schlauch abspritzen.« Mack deutet auf mich. »Geh mit ihm rein und versuch, dich ein bisschen zu entspannen.«

Blade grinst, aber ich runzle die Stirn über Macks barschen Ton. Gibt er mich ... an Blade ab? Klar, wir hatten vor ein paar Monaten was zu dritt, aber es hat sich noch nicht wiederholt. Und er hat nie versucht, mich dazu zu bringen, allein mit Blade zu schlafen. Andererseits ...

Habe ich in diesem Frachtcontainer mit Blade geschlafen? Höchstwahrscheinlich. Vielleicht sind jetzt alle Wetten aufgehoben - Blade ist vom Anwärter zum Mitglied aufgestiegen, wie sich daran zeigt, was er mit seinem ... nun, Mitglied tun darf. *Ha-ha.*

Als ich ihn nur anstarre, steht Mack auf und streckt eine Hand aus. »Es tut mir leid, Isabelle, ich bin im Moment keine gute Gesellschaft.«

Es geht nicht um Gesellschaft. Es geht um Ablenkung. Und im Moment fällt mir nichts ein, was Mack mehr braucht, als etwas von dieser Angst abzuwaschen. Er wird natürlich nicht vergessen können, aber vielleicht können wir wenigstens den Druck in seiner Brust etwas lindern - ich spüre diesen Druck auch.

»Du musst dich saubermachen«, sage ich zu ihm. »Du riechst wie ein Nashorn.«

Blade kommt näher. »Und wir wissen alle, dass ich nur ein Anwärter bin, Mack.«

War das ein Friedensangebot? Ist Blade ... nett zu ihm, weil er weiß, dass Mack aufgewühlt ist?

Mack blinzelt Blade an. Schließlich nickt er. »Okay. Ihr beide habt mich überredet.«

Blade kichert. »Vielleicht ist ›in sie hinein‹ genauer.«

Er lacht immer noch, als wir uns auf den Weg ins Badezimmer machen.

KAPITEL 13

Das Badezimmer ist winzig, aber die Dusche ist größer als normal, mit einem flachen Einstiegsbereich, einer Schiene an der Rückwand und einer Sitzbank – unerwartet. Und keine Badewanne.

»Wusstest du, dass das hier ist?«, frage ich Blade.

Aber es ist Mack, der nickt. »Ich habe es gesehen, als ich das Zimmer vorher überprüft habe. Meine Nachbarin aus Kindertagen hatte so eine Einrichtung, nachdem sie ein Bein durch Diabetes verloren hatte.«

Hm. Soweit ich weiß, hat Adeline alle ihre Gliedmaßen – anders als der arme Kerl, an dem Ozzy sein Messer ausprobiert hat. Vielleicht hatte derjenige, von dem sie den Ort gekauft hat, diese Anpassungen installiert. Und sie sehen auf jeden Fall wie nützliche Ergänzungen für unsere Zwecke aus.

Blade schließt die Tür mit einem Tritt und dreht das Wasser auf, dann macht er sich an seiner Kleidung zu schaffen. In diesem kleinen Raum, in dem die Luftfeuchtigkeit mit jeder Minute steigt, wird mir plötzlich bewusst, dass ich mich selbst riechen kann. Blade hatte die richtige Idee damit, auch wenn er Hintergedanken hatte.

Ich ziehe mein Oberteil und meinen BH so schnell wie möglich aus, aber der Platz ist begrenzt. Ich stoße Mack ständig mit den Ellbogen in die Rippen, und er stellt sich hinter die Toilette, als ich meine Hose in die Ecke kicke. Ich richte mich gerade auf, als Blade unter den Wasserstrahl tritt, und ich folge ihm in die Duschkabine.

Ich seufze vor Vergnügen. Aber nicht wegen des herrlichen nackten Mannes neben mir, obwohl er ein prächtiges Exemplar tätowierter Muskulatur ist, sein Glied bereits stolz gegen seinen Unterbauch gerichtet. Das Wasser ist berauschend. Ich dränge mich weiter unter den Strahl, sehne mich danach, die Woche von meiner Haut zu waschen.

»Wasserschwein«, grummelt Blade.

»Na, Blade, wenn du der Dame keinen Platz machen willst, musst du draußen warten«, sagt Mack, und ich drehe mich um, um zu sehen, wie er in die Dusche steigt. Er kommt jedoch nicht in die Nähe des Wassers, sondern setzt sich auf die lange Sitzbank, die sich über die Rückwand erstreckt. Seine Schlangentätowierungen sehen wie Gemälde auf seiner massigen Fleischleinwand aus, sein Glied voll zur Schau gestellt unter einem Dickicht dunkler Schamhaare. Er ist noch nicht erregt, aber selbst im schlaffen Zustand ist er größer als die meisten Männer in ihrer Bestform. Er blinzelt und beobachtet uns – noch trocken –, aber

Feuchtigkeit beginnt sich auf seiner Stirn zu bilden. Für ihn ist es wahrscheinlich eher wie eine Dampfsauna.

Blade grummelt, aber er rückt zur Seite. Diese beiden... sie haben eine seltsame Dynamik. Viel Hin und Her, Dominanz und Unterwerfung.

Ich wende mich Mack zu und lasse das Wasser in herrlich reinigenden Wellen über meine Haut laufen. »Ist das jetzt unser Ding? Du und Blade bevorzugt diesen kleinen Dreier, also müssen wir ihn jedes Mal einschmuggeln, wenn die anderen weg sind?«

Mack blinzelt mich an, dann gleitet sein Blick tiefer über meine Brüste zu den Haaren zwischen meinen Beinen und liebkost mich mit seinen Augen so sicher, wie das Wasser meinen Rücken berührt. »Blade und ich verstehen uns«, sagt Mack.

Blade zuckt mit den Schultern und zieht mich in seine Arme, Brust an Brust, und platziert uns beide unter den Duschkopf. »Ich will einfach nur diese süße Muschi von dir ficken«, knurrt er. »Oder welches andere Loch du mir auch anbietest.«

Ich lache. Ich kann nicht anders. Der Ernst der Situation, gepaart mit der Aufregung ihrer Körper und dem herabfallenden Wasser... Ich fühle mich wie ein neuer Mensch, jemand, der völlig losgelöst ist von den Schrecken, denen wir uns noch stellen müssen.

Und Blades Haut an meiner weckt etwas Ursprünglicheres, wie ich wusste, dass es passieren würde. Da ist ein subtiles Erblühen tief in meinem Unterleib. Ranken der Vibration pulsieren zwischen meinen Beinen und kribbeln an den empfindlichen Stellen meiner Brust.

Meine Brustwarzen verhärten sich gegen Blades

Haut. Er scheint diese Veränderung zu spüren, denn er senkt seine Lippen auf meine, dann lässt er seine weichen Finger – zu weich für einen Auftragskiller – von meiner Schulter zu meiner Hüfte gleiten. Er hält inne, seine Handfläche umfasst den Hügel aus Haaren über meiner Scham, dann schiebt er zwei Finger zwischen meine Beine und gleitet tief in meine Muschi.

Ich seufze und dränge mich gegen seine Hand, während er mit seinem Daumen meine Klitoris stimuliert. Ich presse meine Lippen auf seine, will ihn schmecken, will in ihn eindringen, so wie er in mich eindringt.

Aber ich unterbreche unseren Kuss, als ich Mack sich räuspern höre. »Komm her, Isabelle«, sagt er. »Blade, dreh den Duschkopf in diese Richtung.«

Der Ton seiner Stimme lässt wenig Raum für Diskussionen. Wenn ich unentschlossen wäre, würde er seine Taktik gerne ändern, aber ich kann den Zaun nicht einmal sehen von dort, wo ich stehe, auf halbem Weg zwischen zwei nackten, wunderschönen Männern. Ich bin mehr als bereit zu sehen, welche faszinierende Erfahrung Mack sich ausgedacht hat. Vielleicht träumt er davon, seit er und Blade mich unter den Sternen gefickt haben.

Ich überbrücke die Distanz zwischen uns, nur ein paar Schritte; der Duschkopf quietscht, als Blade ihn verstellt. Als ich vor Mack stehe, setzt er sich nach vorne, packt meine Hüften, um mich näher zu ziehen, ein Bein auf jeder Seite seiner Oberschenkel, und neigt sein Gesicht zu mir. Er pflanzt einen Kuss auf meinen Bauchnabel, dann lässt er seine Zunge tiefer wandern, tiefer, jeder warme Zentimeter jagt eine Gänsehaut über meinen Bauch.

Das Wasser trifft meine Waden, dann meinen Rücken, und bald ergießt es sich wieder über meinen Kopf.

Mack hält inne, seine Lippen streifen meine Scham-lippen. »Wasch sie, Prospect.« Dann taucht er ein, teilt meine Falten mit seiner Zunge.

Ich hebe meine Handflächen an Macks Kopf und zittere, als er seine linke Hand zwischen meine Beine schiebt und zwei Finger in mich stößt. Ich bin klatsch-nass und so heiß, dass ich Blades Bewegungen kaum bemerke, aber ich sehe seinen Arm, als er über meine Schulter greift nach... der Shampooflasche in der Ecke. Sie verschwindet hinter mir, aber ich höre das Schnappen des Deckels, dann spüre ich die Kühle, als er es auf meinen Scheitel spritzt.

Ich lehne mich zurück, meine Finger in Macks Haar verflochten, während er meine Muschi mit seiner Zunge streichelt, und lasse Blade meine Kopfhaut mit sanften, präzisen Bewegungen massieren. Der Schaum macht ein schmatzendes Geräusch wie das Klatschen von Fleisch.

Blade lässt meinen Kopf los, aber er hört dort nicht auf. Während das Wasser die letzten Blasen aus meinen Locken spült, widmet er sich bereits der Seife. Er fährt mit dem Stück unter meinen Achseln entlang, so glit-schig, dass es sich völlig sexuell anfühlt, dann über meine Rippen, zwischen meinen Pobacken hindurch und weiter, bis er meine Beine erreicht – eines nach dem anderen.

Blade beendet das Einseifen meiner Füße. Ich warte und erwarte, dass er seinen Weg zurück nach oben machen wird, um die Seife von meinem Körper zu spülen, aber das tut er nicht. Er verschiebt sich hinter mir, bis er auf seinen Knien ist. Dann streicht er mit seinen Fingerspitzen über meinen Hintern. Und spreizt mich weit.

Das kribbelnde Gefühl, wenn er mich dort berührt, vermischt sich mit dem berauschenden Druck von Macks Lippen.

Aber während Blades Hände meinen Hintern offen halten, bewegt sich seine Zunge zwischen meine Backen. Ich keuche auf... er leckt meinen Anus.

Das ist etwas, das er noch nie getan hat – sie haben mich dort berührt, haben meinen Hintern gefickt, und ich liebe es mehr, als ich mir je hätte vorstellen können. Aber dass sie mich beide so auslecken, beide in einer so intensiven Erforschung meiner Nervenenden vertieft sind... Jeder Punkt, den sie berühren, kribbelt, als hätte ich einen blanken Draht berührt. Es ist elektrisch und bedürftig, und es lässt das pulsierende Pochen tief in mir zu einem schmerzhaften Klopfen anschwellen.

Ich brauche sie, um mich zu ficken.

Ich stöhne, zittere und öffne meine Augen. Mack hält inne und schaut zu mir auf. Ich beuge mich nach vorne und gebe Blade mehr Zugang zu jeder empfindlichen Stelle, die er besuchen möchte, und schiebe meine Zunge in Macks Mund.

Er stöhnt und lehnt sich zurück, zieht mich mit sich, aber ich will nicht nur seine Lippen auf meinen. Ich greife zwischen seine Beine und umfasse seinen riesigen

Schwanz fest mit meinen Händen. Ich schlängele meine linke Hand unter seine schweren Eier, meine Zunge massiert immer noch seine, während Blades Zunge weiterhin meine Hintertür erkundet. Blade schiebt seinen Daumen in meine Muschi, fügt seinen Zeigefinger auf meiner Klitoris hinzu und drückt zu.

Ich zische – es ist ein wahnsinniger Druck –, aber es treibt mich in den Wahnsinn vor Lust. Ich löse meinen Mund von Macks und beuge mich vollends nach vorne, bis meine Lippen die Spitze seines Schwanzes berühren. Er ist enorm, sowohl in der Länge als auch im Umfang, und jedes Mal, wenn ich diese pulsierenden Adern sehe, dreht mein Gehirn ein bisschen durch.

Ich öffne meinen Mund so weit ich kann und schlucke ihn hinunter.

Ich bewege meinen Kopf im Rhythmus von Blades Mund auf und ab, eine Hand um seinen Schaft gewickelt, die andere seine Hoden umfassend. Mack grunzt und stöhnt, und jedes Geräusch dient dazu, meine Erregung zu steigern. Meine Beine zittern bereits, und der Druck in meiner Muschi ist herrlich schmerzhaft.

Ich lasse Mack lange genug los, um zu betteln: »Fickt mich.« Ich bin mir nicht sicher, zu wem ich spreche, und es ist mir egal, wer zuhört. Ich werde verdammt nochmal explodieren.

Blade bewegt seinen Mund und lässt seine Finger los. Ich bin mir nicht sicher, ob er buchstäblich aufgesprungen ist, aber er ist in Sekunden hinter mir, die Spitze seines Schwanzes an meiner Öffnung, und dann ist er in mir, fickt mich, seine Hände umklammern meine Hüften, während er ihn reinrammt.

Ich sauge Mack noch einmal zwischen meine Lippen, halte aber inne, als Blade sich über mich beugt, seine Finger an meinen Armen, ziehend. Mack scheint zu verstehen, worauf Blade aus ist, denn er greift nach meinen Handgelenken. Ich lasse seine Eier los, und er führt meine Hände nach hinten, bis ich in einer Flugzeugposition bin, meine Arme zu Blade ausgestreckt, meine Fingerspitzen reichen über meine Hüften hinaus.

Blade nimmt je ein Handgelenk in jede Hand, zieht mich fest an sich, dann erneuert er sein wildes Stoßen und benutzt meine Handgelenke, um meinen Körper nach unten zu führen, mein Kopf fest in Macks Schoß, den Winkel intensivierend, bis er direkt in meinen G-Punkt hämmert.

Ich stöhne gegen Macks Schwanz, eine Reihe kurzer, abgehackter Quietscher, die jedes Mal abgewürgt werden, wenn Macks Schwanz meine Mandeln trifft. Das scheint beide zu erregen. Blade reagiert, indem er komplett rauszieht. Dann rammt er seinen Schwanz in mich, fickt mich so hart, dass die Welt um uns herum zu einer Masse solider Empfindungen verschwimmt.

»Ahhhh, verdammt, Isabelle«, grunzt Mack. »Ich will in dir sein. Ich will nicht in deinem Mund kommen.« Aber in diesem Moment lässt Blade meinen linken Arm los und schiebt seinen Daumen in meinen Arsch.

Ich lasse Macks Schwanz los, als die erste Welle durch mich hindurchrauscht, Blades Finger arbeitet immer noch Überstunden in meinem Hintern und intensiviert jeden pulsierenden Ausbruch von Elektrizität. Ich klammere mich mit meiner freien Hand an

Mack, sicher, dass meine Beine unter mir zusammenbrechen werden, zitternd durch den Orgasmus, meine Haut in Flammen. Ich nehme vage wahr, dass Blade auch stöhnt. Er zieht raus. Ich bin mir nicht sicher, ob es Wasser oder Sperma ist, das mein Bein hinunterläuft, aber ich bin zu benebelt, um mich darum zu kümmern.

»Gute Arbeit, Anwärter«, sagt Mack, als ich es endlich schaffe aufzustehen, wenn auch auf zitternden Beinen.

»Danke, Boss.« Das »Boss« ist eine Stichelei, aber ich glaube nicht, dass es einen von ihnen interessiert.

»Du siehst ein bisschen wackelig auf den Beinen aus«, sagt Mack und greift erneut nach meinen Hüften. »Komm, setz dich.«

Ich lasse ihn mich umdrehen. Ich senke mich langsam über ihn, während er zwischen meine Beine greift und seinen Schwanz in meine Muschi führt.

Sobald die Spitze drin ist, lasse ich mich vollständig auf ihn fallen und vergrabe seinen Schwanz bis zum Anschlag. Er keucht, aber er verschwendet keine Zeit. Er bewegt seine Hüften, fickt mich langsam, aber tief, und ich lehne mich an seine Brust. Mack hebt seine Fingerspitzen zu meinen Brustwarzen und verdreht diese zarten Knospen, bis der Druck in meinem Bauch sich erneut aufbaut.

Blade fällt auf die Knie und attackiert meine Klitoris mit seiner Zunge.

In der Vergangenheit war ein Orgasmus für mich genug, um mich befriedigt zu fühlen, aber seit ich Blade kennengelernt habe, hat sich das alles geändert. Er mochte es, sich selbst herauszufordern. Mack ist nicht anders. Manchmal habe ich das Gefühl, sie befinden sich alle in einem Wettbewerb, um zu sehen, wer mich am schnellsten zum Kommen bringen kann, wer mich am härtesten kommen lassen kann. Ich frage mich, ob sie irgendwo eine Tabelle haben, in der aufgezeichnet ist, wie laut ich schreie, wie bei einem Super-Bowl-Tippspiel. Sie sind alle viel zu beschäftigt damit, mich zu ficken, um sich um echten Football zu kümmern, und ich stelle mir vor, dass dies viel befriedigender ist.

Mack drückt meine Brustwarzen fester. Blade saugt meine Klitoris zwischen seine Lippen. Das Wasser liebkost jede Spalte, die sie gerade nicht verwöhnen. Ich seufze, spreize meine Beine so weit wie möglich und genieße jede winzige Empfindung, spüre den Druck, der sich aufbaut, aufbaut, während Mack seinen Schwanz in mir bewegt und meinen G-Punkt massiert, während Blades silberne Zunge das kribbelnde Glücksgefühl in meinen Adern verstärkt.

Blade erhebt sich plötzlich von seinen Knien, ersetzt seine Lippen durch seine Finger und streichelt meine Klitoris in einem frenetischen Tempo mit seinem Zeigefingernagel. Und als Mack meine Brustwarzen loslässt, saugt Blade seine Lippen an die rechte, saugt an meinem Fleisch und neckt die harte Spitze mit seiner Zungenspitze.

Mack packt meine Hüften, hebt mich bis zur Spitze seines Schwanzes und lässt mich dann so hart wie möglich heruntersausen.

Ich komme, zittere, schreie, meine Stimme hallt von den Wänden wider, während Mack mich weiter fickt, während Blade weiter an meiner Brust leckt, während er seinen köstlichen Angriff auf meine Klitoris fortsetzt. Und dann kommt Mack auch, grunzend und zuckend, seine Zähne an meinem Hals, während er sich in mir entleert.

Ich keuche immer noch, als Blade meine Brustwarze loslässt. Die Euphorie ist so stark, so intensiv, dass ich nichts anderes tun kann, als gegen Macks Brust zurückzufallen. Er legt einen Arm um meine Rippen und hält mich wie eine Puppe an sich gedrückt, während sein Schwanz langsam in mir erschlafft.

»Gute Arbeit, Anwärter«, sagt Mack noch einmal. »Wirklich gute Arbeit.«

KAPITEL 14

Wir trocknen uns gerade ab, als die Haustür aufgeht und wieder zuknallt. Ich zucke zusammen, aber dann höre ich Roosters Stimme durch die Küche dröhnen: »Aye, Mädel, wo hast du dich rumgetrieben?«

Meine Schultern entspannen sich. »Kannst du unsere Klamotten aus dem Auto holen?«, rufe ich den Flur hinunter.

Rooster murmelt etwas von wegen »geile Fotzen«, aber er ist im Nu zurück, und binnen weniger Minuten tragen wir drei Hemden und Hosen, die nicht mehr nach Arsch stinken. Wir versammeln uns um den Küchentisch mit den drei Stühlen ... irgendwie seltsam, dass es nur drei Sitzplätze gibt. Kommen Stühle nicht normalerweise paarweise?

»Kennst du jemanden namens Ursula?«, fragt Mack Ryder, während er eine Bürste durch seine dicken schwarzen Haare zieht.

Ryder zuckt mit den Schultern. »Sollte ich? Ich

meine, der Name ist ziemlich unglücklich, also würde ich mich wohl daran erinnern.«

Unglücklich oder nicht, er würde den Namen einer Frau, die er getötet hat, nicht vergessen. Und ich glaube ehrlich, dass er es mir gesagt hätte, wenn er überhaupt jemanden getötet hätte. Mir wird erst jetzt klar, dass ich mir darüber Sorgen gemacht habe, als sich der Knoten in meinem Magen löst.

»Was ist mit dem Sweatshirt in deinen Sachen?«, fragt Blade.

Ryder blickt zu ihm und zuckt mit den Schultern. »Ich weiß, welches du meinst, aber das ist nicht mein Shirt.«

Hmm. Vielleicht bedeutet es nichts. Wer von uns hat nicht irgendein zufälliges Kleidungsstück mit dem Namen eines Ortes, an dem wir nie waren?

Aber wenn es nicht Ryder war, wen von ihnen glaubt Ronnie dann, dass er seine Schwester getötet hat?

Wir alle schauen Rooster an - er wäre die logischste Wahl nach Mack, da Ronnie Adeline mitgenommen hat, aber Rooster schüttelt den Kopf. Das war zu erwarten, da er in Schottland aufgewachsen ist. Ich weiß nicht viel über seine Vergangenheit, aber ich kann ihn mir nicht in Cleveland vorstellen.

Also ist es nicht Ryder, und es ist nicht Rooster. Mack und Blade tappen auch im Dunkeln. Das lässt nur noch …

»Wo ist Cue?«, fragt Mack, als hätte er meine Gedanken gelesen. »War er nicht bei euch?«

Ryder und Rooster tauschen einen Blick aus. »Er ist nicht hier?«

Scheiße. In meiner Magengrube öffnet sich ein Loch. *Es ist Cue - Cue hat Ronnies Schwester getötet.*

Aber ich will immer noch eine Bestätigung, und da Cue unerklärlich abwesend ist, fällt mir nur ein Ort ein, wo ich sie bekommen kann. Mack hat den Laptop bereits aus dem Van geholt und stellt ihn auf dem Bistrotisch auf. Ich lasse mich auf den Stuhl davor gleiten. Ich tippe Ohio und Ursula ein, plus »Tod«.

Der Laptop überlegt. *Bitte finde nichts. Bitte finde nichts.* Erst als ich aufblicke und sehe, wie Ryder mich anstarrt, wird mir klar, dass ich laut gesprochen habe.

Der Bildschirm blinkt, und ich zwinge meine Augen zurück darauf.

Schlagzeilen. Viele davon. Verdammt. Aber sie sind alt - fünfzehn Jahre? Was hat Ronnie jetzt dazu getrieben, Vergeltung zu suchen?

Mack lehnt sich über meine linke Schulter, während ich lese, Rooster über meine rechte.

Ursula Henderson und ihr Freund wurden erschlagen in ihrer Wohnung in Cleveland aufgefunden. Die aufgeführten Details sind grauenhaft, also kann ich mir nur vorstellen, was sie weggelassen haben. Man vermutete, dass die Tode das Ergebnis eines schiefgelaufenen Drogendeals waren, aber niemand hatte eine Erklärung für den fehlenden Kopf des Mannes.

Ich drehe den Bildschirm, damit die anderen es sehen können. Meine Gedanken sind ein wirres Durcheinander.

»Ronnies Nachname ist Henderson?«, sagt Rooster.

»R. Henderson, laut seinem Ausweis, obwohl ich mir bei seinem Vornamen nicht mehr sicher bin«, antwortet Mack. »Was sind die Chancen, dass sein Vorname Ronald ist, wie unser Grunge-Killer sagte?« Aber seine Worte scheinen aus weiter Ferne zu kommen.

Cue hat diese Frau mit einem Baseballschläger zu Tode geprügelt? Sie und ihren Freund kaltblütig ermordet? Wenn Cue das wirklich getan hat, ist er ein schlechter Mensch. Ein wirklich schlechter Mensch. Er hat Schlimmeres getan als jeder von uns. Blade war ein Auftragskiller, aber wenigstens hat er Arschlöcher getötet.

Ich greife nach dem Computer, aber Ryder packt meine Hand, um ihn weiter auf sich gerichtet zu lassen. Er ist blass geworden, seine Augen starren auf den Bildschirm.

»Was ist los, Bruder?«, fragt Rooster.

»Das ist ... das ist der Mann meiner Schwester.« Zittert seine Stimme?

Ich runzle die Stirn und recke den Hals, um um den Bildschirm herum zu spähen. »Wer? Der Staatsanwalt?«

Er schüttelt den Kopf. »Nein, der Mann, der in dieser Wohnung zusammen mit Ursula ermordet wurde.«

Mein Gehirn arbeitet auf Hochtouren und versucht, die Informationen zusammenzusetzen, aber es fühlt sich an, als würden meine Gedanken durch Schlamm waten. Ryders Schwester war mit einem Mann verheiratet, der sie geschlagen hat, richtig? Und dieser Mann hat sie getötet.

Und Cue ... hat ihn getötet.

Die Welt hört auf sich zu drehen, aber Ryder durchbricht den Nebel, als er sagt: »In der Nacht, als wir uns kennenlernten, fand Cue mich in der Schlucht, dem Ort, wo Greg den Körper meiner Schwester abgeladen hatte. Zu diesem Zeitpunkt lebte Greg bereits mit einer anderen Frau zusammen - dieser Ursula, schätze ich. Und Cue ...« Er schüttelt den Kopf. »Ich weiß nicht genau, was passiert ist. Ich habe nie zurückgeblickt, nie gefragt, wollte nie die Details wissen. Also weiß ich nicht, wie er Greg gefunden hat. Ich weiß nur, dass er, als er zur Schlucht zurückkam, Gregs ... Kopf dabei hatte.«

Jesus Christus. Ich erinnere mich vage an die Geschichte von vor Monaten, aber nie fühlte sie sich so bedeutsam an wie jetzt. Ich hatte mir meine Jungs immer als Helden vorgestellt; sie töteten schlechte Männer, wenn es sein musste - um die Unschuldigen zu schützen. Aber jetzt, mit Ursula ... Meine Brust schmerzt genauso sehr wie mein Magen.

»Wir haben Gregs Kopf am Straßenrand begraben«, fährt Ryder fort. »Ließen ihn dort, wo er ihren Körper zurückgelassen hatte. Danach waren Cue und ich ein Team. Ein paar Monate später trafen wir Mack. Dann dich, Rooster.« Er dreht sich um und nickt, und Rooster drückt seine Schulter. »Wir alle teilten diese Sache mit Missbrauchstätern; wir bekämpften diesen Scheiß, wo immer wir ihn sahen. Dass er diese Frau getötet haben soll, zu denken, dass Cue ...«

Ryder schüttelt den Kopf und schiebt den Laptop weg, dann springt er auf die Füße. Er läuft in der Küche auf und ab, fährt sich mit den Fingern durch die kurzen Haare und schüttelt immer wieder den Kopf, als wolle er sich von dieser Realität befreien.

Ich bin genauso schockiert wie er. Bei Cue dreht sich alles um Gerechtigkeit. Und er hat mir immer den Eindruck eines Mannes vermittelt, der zu schweren Schuldgefühlen neigt; ich kann den Schmerz in seinen Augen sehen, ihn tief in meiner Seele spüren, wenn ich ihn zu lange anschaue. Jetzt weiß ich warum.

Kein Wunder, dass er verstummt ist. Cue hat seine eigene seltsame Form von Gerechtigkeit ... an sich selbst vollzogen.

Aber der Zeitablauf ... er ergibt keinen Sinn.

»Warum hat Ronnie so lange gewartet?«, frage ich und scrolle nach unten, auf der Suche nach irgendeiner Erwähnung von Cue, irgendeinem Verdächtigen, aber ich finde nichts. »Hatte er keine Ahnung, wo Cue war? Oder wer er war?«

»Das ist das Einzige, was Sinn ergibt«, sagt Mack. »Aber er ist Cue schon seit mindestens einem Jahr auf der Spur. Um in die Grunge einzuschleusen und dann zu mir zu kommen ... das hat Zeit gebraucht. Ich kann mir nicht vorstellen, dass er eine Vorliebe für Handtaschen hatte, die nichts mit uns zu tun hatte, also wusste er, wo Cue war, bevor er Hanson traf.«

»Aber ... Ronnie hat Juliette entführt, weil er denkt, dass Cue seine Schwester getötet hat?«, fragt Blade. »Warum sie? Nur weil Cue selbst keine Familie hat?«

Außer uns, flüstert mein Gehirn. *Wir sind seine Familie.* Juliette und Adeline eingeschlossen.

Ryder hört auf, auf und ab zu gehen, und wendet seinen Blick ab. Rooster zuckt nur mit den Schultern, sieht aber gequält aus. »Vielleicht gibt er uns allen die Schuld«, sagt Ryder. »Er denkt vielleicht, dass wir von dem Vorfall wissen – dass wir Cue die ganze Zeit versteckt haben.«

Macks Kiefer ist hart wie Stein.

Ich öffne einen neuen Tab und gebe Ronnies Informationen ein, zumindest das, was ich aus dem Ausweis entnehmen kann. Es dauert nur Sekunden, bis ich finde, wonach ich suche. *Reginald* Henderson ist tatsächlich ein Beamter der Cleveland P.D. Und er hat keinen Grund, über seine Verwandtschaft mit Ursula zu lügen.

»Er wird sie töten«, sagt Mack mit hohler Stimme. »Er wird Juliette aus Rache töten. Wir haben gesehen, was er mit der Grunge gemacht hat.«

»Was ist also sein nächster Schritt?«, frage ich. »Ronnie« – *Reginald* – »weiß, dass wir hier sind. Aber er wollte nicht mit einem von euch sprechen. Er wollte nicht einmal, dass ihr wisst, dass er hier war.«

Mack schnaubt. »Weil wir ihn, wenn wir ihn erwischt hätten, nicht hätten gehen lassen, ohne dass er Juliette und Adeline zurückgibt.«

»Richtig, aber warum euch hierher locken, um zu reden, vielleicht um Forderungen zu stellen, und dann einfach ... verschwinden?« Schon wieder.

Ryder sagt: »Vielleicht will er warten, bis er die Oberhand hat?«

»Er wird nie die Oberhand haben.« Ich schüttle den Kopf. »Seht ihr das nicht? Wir sind immer zusammen, wenn nicht im selben Raum, dann zumindest auf demselben Grundstück. Und wenn er euch eine Nachricht geben wollte, hätte er es mir sagen können, als wir allein in diesem Raum waren. Alles, was er mir sagte, war, dass ich vorsichtig sein soll – vor euch allen.«

Er hat einen Plan. Er hat noch etwas in petto. Was übersehen wir?

»Ich denke, wir sollten gehen«, sage ich und stehe auf. »Wir müssen Cue finden, und wir müssen hier verdammt noch mal raus.«

»Warum? Freie Kost und Logis«, sagt Blade.

Armes Baby. Deshalb ist er die Muskeln dieser Operation und nicht das Gehirn. Wir sind schon länger hier, als es Sinn ergibt.

»Wenn deine Feinde wissen, wo du bist, sei nicht dort«, schieße ich zurück.

»Na gut«, sagt Blade. »Aber ich schnappe mir ein paar Snacks für unterwegs. Vielleicht ein paar Kissen, um den Van etwas gemütlicher zu machen.«

Ja, ja. Wir bewegen uns alle gleichzeitig, Blade geht in die Küche, um Snacks zu holen, Mack packt die Reisetaschen, Rooster packt den Computer ein.

Aber ich zögere mitten im Wohnzimmer. Die Haare in meinem Nacken sträuben sich. Ich drehe mich zum Fenster, zu der Dunkelheit, von der ich plötzlich ganz sicher bin, dass sie Augen hat.

KAPITEL 15

CUE

Der Nachtwind flüstert in meinem Rücken und weht eine kühle Brise über meinen kahlen Kopf. Dieser Teil des Waldes ist dichter als die andere Seite des Grundstücks, aber ich brauche einen Moment, um das Gesehene zu verarbeiten.

Reginald – Ursulas Bruder. Ich hätte nie gedacht, dass ich ihn wiedersehen würde, und schon gar nicht, dass er hinter uns her sein würde; dass er einem Kind wehtun würde, um an mich heranzukommen. Nicht, dass wir uns je wirklich kannten. Ich sah ihn nur aus der Ferne, als er an Ursulas Grab stand, bei einem meiner Besuche, um Blumen auf ihren Grabstein zu legen.

Er hatte keine Blumen. Er hatte geballte Fäuste und gerötete Wangen und Augen voller Bosheit. Ich hätte schon damals wissen müssen, dass er schwor, sie zu rächen. Aber welcher gute Mensch würde seine tote Schwester rächen, indem er einem Kind wehtut?

Ich atme die Nachtluft ein und lasse den Kopf hängen, starre auf die schattige Erde unter meinen

Stiefeln und suche nach Würmern oder Grillen, die beide mehr Zuneigung verdienen als ich. Ich habe schon früher getötet – so viele Male. Die meisten waren nicht nah genug, dass ich ihre Gesichter sehen konnte, nur die vagen Silhouetten feindlicher Soldaten, die von meinen Kugeln fielen, obwohl ich sie manchmal in meinem Schlaf sehe. In den frühen Morgenstunden sehe ich, wie ihre Köpfe in Fontänen aus Blut und Knochen explodieren. Ich sehe ihre Kinder neben ihnen, schreiend nach ihren Vätern, obwohl ich mich nicht erinnere, dass in Wirklichkeit welche da waren.

Aber Ursula... *Oh Gott.*

Inzwischen wissen sie, was ich getan habe. Sie haben wahrscheinlich beschlossen, mich im Austausch für Adeline und Juliette auszuliefern... und das sollten sie auch. Es ist der einzige Weg nach vorn, der einzige Weg, der logisch Sinn ergibt.

Ich frage mich, wie leicht es für sie war zu glauben – ob sie meine Schuld, meine Gewalt, sofort akzeptiert haben. Ryder sollte das; er hat gesehen, wozu ich fähig bin. Und die anderen haben es wahrscheinlich vermutet. Ich glaube, Isabelle kann es in meinen Augen sehen, diesen monströsen Zug, der in mir lauert, bereit, wartend, um mich zu verwandeln, wie in jener Nacht.

Ich laufe schon viel zu lange davor weg.

Ich fahre mit den Fingern über die Tätowierungen auf meinem Arm, die Kette von Strichen auf meiner Haut. Obwohl man sie unter der Tinte nicht sehen kann, zeichnen Narben die Haut unter jeder Linie. Eine Wunde für jeden Tag, an dem ich high war, zwischen dem Tag, an dem sie starb, und dem Tag, an dem ich endlich aufhörte zu konsumieren.

Ein Strich für jeden Tag, an dem ich jemand anderen hätte töten können.

Es spielt keine Rolle, dass ich mich nicht daran erinnere, dass es passiert ist – ich bin schuldig.

Es spielt keine Rolle, ob sie in ihrem eigenen drogeninduzierten Rausch auf mich losgegangen ist... was ich glaube, dass sie tat.

Es spielt keine Rolle, dass ihr Freund ein Monster war, ein mörderisches Dreckschwein. Es stimmt, aber es ist kaum relevant. Ich bin schuldig. Und ihm den Kopf abzuschlagen... das war ganz allein ich.

Ich dachte, ich könnte diese Wahrheit begraben, dass ich irgendwie dafür büßen könnte, indem ich solche Tragödien verhindere. Dass ich andere Frauen schützen könnte, indem ich ihre Misshandler beseitige.

Es ist Unsinn. Ich verstehe das so logisch, wie ich verstehe, dass das Gras grün ist, aber Wahrnehmung ist eine seltsame Sache. Das Gras mag grün sein, aber es erscheint schwarz im Dunst des Mondes, und diese Farbe ist nicht weniger real, nur durch einen Schleier gesehen, der nicht immer da ist.

Ich habe durch den Schleier meiner eigenen Selbstsucht geschaut und fälschlicherweise geglaubt, dass ich irgendwie ohne Strafe Buße tun könnte. Und jetzt werden eine andere Frau und ein Kind sterben, wenn ich mich nicht Reginald ausliefere.

Deshalb ist er hier, da bin ich mir ziemlich sicher: um mich zu finden. Um mich zu schnappen und mit mir in die Landschaft zu verschwinden, frei von den

Beschränkungen des amerikanischen Rechts. Ja, die Schotten haben ihr Justizsystem, aber es gibt viele verlassene Hügel hier. Viele Orte, um eine Leiche zu verstecken. Und wenn er sowieso herkommen musste, um das Mädchen zu holen...

Ich seufze. Ich fahre noch einmal über meine Narben, mit Tinte bedeckt, aber nicht vergessen. Gott weiß, ich habe versucht, mich selbst umzubringen, aber ich war immer zu feige. Reginald kann mit mir machen, was er will.

Aber ich sollte mich von Isabelle verabschieden, bevor er zurückkommt. Das schulde ich ihr.

Ich seufze und mache mich auf den Rückweg durch den Wald zum Haus, folge dem silbernen Dunst, der auf die Lichtung fällt, aber die Haare in meinem Nacken sträuben sich. Ich kneife die Augen zusammen und spähe über die Baumgrenze hinaus. Ist da jemand?

Knack!

Zweige. Ein Tier? Aber dann höre ich ein anderes Geräusch: etwas Größeres, das über die verwelkten Blätter steigt, dann das mahlende *Schsch* von Kies von der Auffahrt. Näher. Näher.

Reginald ist zurückgekehrt. Und es scheint, dass er diesmal Verstärkung mitgebracht hat, viele andere, um sicherzustellen, dass ich nicht davonkomme.

Ich strecke meine Arme seitlich aus und bereite mich darauf vor, ins Freie zu treten. Mich der Nacht und ihrem Hass zu ergeben – der Gerechtigkeit und einer Strafe, die schon zu lange unvollendet geblieben ist.

Ich kann nur hoffen, dass Isabelle mir vergeben wird.

KAPITEL 16

ISABELLE

Das Kribbeln in meinem Nacken lässt nicht nach - ist da jemand draußen? Aber ich sehe niemanden durch die Dunkelheit, nur den mondbeleuchteten Kies, der wie zerbrochenes Glas glitzert.

Ich drehe mich zur Küche um und sehe Blade, der in den Schränken wühlt und Tüten mit Snacks in eine wiederverwendbare Einkaufstasche stopft. »Wo könnte Cue hingegangen sein?«, sage ich laut, obwohl ich nicht sicher bin, zu wem ich spreche. »Blade, du hast gesagt, du hast dich im Haus umgesehen? Die Wälder überprüft?«

Er nickt. »Wenn er da draußen ist, versucht er, sich zu verstecken. Ich glaube nicht, dass ich ihn übersehen habe, aber wenn er ganz still gesessen hätte, vielleicht. Es war nur ein kurzer Rundgang, hat nicht länger als ein paar Minuten gedauert. Wir werden noch einmal nachsehen, bevor wir gehen.«

»Wo ist er?«, flüstere ich erneut, diesmal zu mir selbst. *Wo zum Teufel bist du hin, Cue?*

Stellt er sich selbst? Hat er Reginald gesehen, erkannt, wer er war, und beschlossen, es... selbst zu regeln? Ich hoffe wirklich nicht. Was auch immer er Ursula angetan hat, wir stecken jetzt alle mit drin. Wir brauchen ihn, um Juliette und Adeline zu finden.

Aber ich habe so viele Fragen. Ich kann nicht verstehen, warum Reginald es auf die Grunge abgesehen hat. Es ist ein Endspiel, so viel ist klar. Aber warum der M.C.? Ryder stellte vor fünfzehn Jahren keine Drogen für sie her, also waren sie nicht in diesen »schiefgelaufenen Drogendeal« verwickelt.

Ich sehe immer noch Blade an, als es passiert. Ich spüre die Vibration in meinem Mark, bevor ich sie in meinen Ohren wahrnehme. Ich habe kaum Zeit, die anderen in meinem peripheren Blickfeld zu erfassen, bevor ich mich bewege, renne, ohne auch nur einen einzigen Gedanken an irgendetwas anderes als Flucht zu verschwenden.

»Polizei!« Das Wort dringt von der Haustür herein, und ich nehme vage wahr, dass sie sie aufgebrochen haben.

Stiefelschritte donnern durch das Haus. Es ist seltsam, so etwas mit schottischem Akzent gerufen zu hören, und noch seltsamer, es leiser werden zu hören, während ich durch den Flur und in den ersten Raum - Adelines Zimmer - fliege.

Das Fenster hier ist in der hinteren Ecke des Hauses versteckt, weshalb Reginald entkommen und zu seinem Auto gelangen konnte, indem er die Türen umging, wo meine Jungs ihn vielleicht abgefangen hätten. Ich kann nur hoffen, dass es jetzt genauso gut funktioniert.

Ich reiße das Fenster auf, spähe hinaus, aber ich sehe niemanden auf diesem winzigen Stück Gras und Kies. Ich springe durch das Loch, das Ronnie gemacht hat, als er früher das Fliegengitter zerstörte, und lande mit einem dumpfen Aufprall auf der Erde.

Geschrei dringt durch die Nachtluft, lauter als die Brise - kalt jetzt, da die Sonne untergegangen ist. Vielleicht erklärt das all die Pullover. Ich denke daran, an die Schublade voller Thermofleece mit diesem einsamen spitzenbesetzten Nachthemd, während ich über das Gras und in die Bäume fliege. Das Bild dieser Pullover fühlt sich zutiefst falsch an - es scheint zu normal, und was ich tue, ist eindeutig nicht normal.

Ich konnte dem Gefängnis entkommen, als ich meine eigenen Betrügereien durchführte, und jetzt bin ich am Arsch, weil ich mich in die falschen Männer verliebt habe. Ich bin ein verdammtes Klischee.

Ich halte kurz am Waldrand inne und drehe mich um, suche nach den anderen, nach irgendjemandem von den anderen, aber ich sehe nur einen Schatten in dem Fenster, aus dem ich gerade gesprungen bin - jemand mit Hut? *Polizei.*

Scheiße. Ich stehe unter Schock, und erst jetzt wird mir klar, was ihre Anwesenheit im Haus bedeutet - hat Reginald die Polizei gerufen? Die Frage hallt in meinem Kopf immer wieder. Es ergibt keinen Sinn.

Ein Schatten schleicht von der Rückseite des Hauses hervor, hält inne und stürmt dann ins Freie. Mein Atem stockt. Mack! Aber dann höre ich ein scharfes *Peng-peng-*

peng! Er taumelt und fällt auf die Knie. Das Weiße seiner Augen schimmert im Mondlicht, weit aufgerissen vor Schock oder Schmerz.

»Mac-«

Eine harte, raue Hand presst sich auf meinen Mund.

Scheiße. Warum bin ich so nah am Haus geblieben?

Ich stoße mit dem Ellbogen zu, aber er flüstert: »Aye, Mädchen. Ruhig.«

Rooster? Er packt meine Hand, und dann taumle ich rückwärts, als er mich mit sich zieht, tiefer und tiefer in den Wald hinein. Ich kann meine Augen nicht vom Haus abwenden. Die Lichter verblassen allmählich, teilen sich in fleckige Ausbrüche, während der gelbe Dunst von Blätternestern verdeckt wird, und dann ist der gelbliche Schein nur noch eine Erinnerung, die Welt von Dunkelheit erstickt.

Ich erstarre dann, stemme meine Fersen in den Boden, aber Rooster hält mich fest, zieht mich praktisch über verrottende Blätter und dichtes Unterholz.

Wo sind die anderen? Wo zum Teufel-

»Komm schon, Mädchen!« Die Worte sind ein gezischtes Flüstern. »Ich kenne diese Gegend wie meine Westentasche.«

»Aber Mack-«

»Er wird okay sein. Das wird er. Die Beamten hier benutzen keine echten Waffen - es war wahrscheinlich ein Taser oder eine Gummigeschoss.«

Aber es ist nicht nur die Wunde, um die ich mir Sorgen mache. »Sie kommen ins Gefängnis.« Meine Worte brennen in meiner Kehle.

Sobald sie Macks Fingerabdrücke überprüfen, ist er erledigt. Wenn das Ronnies Plan ist, wenn er sie einsperren lassen will, wenn er Cue wegsperren will und die anderen als Komplizen...

Wir können einen Anwalt engagieren, aber wir können sie vielleicht nicht rausholen.

Unsere Gruppe wurde gerade auseinandergerissen. Ich habe keine Ahnung, wie viele von uns entkommen sind.

Rooster hat keine tröstenden Worte. Er drückt meine Hand fester und zieht mich in die Nacht hinein.

Oh, Ronnie, was hast du getan? Was zum Teufel hast du getan?

KAPITEL 17

Rooster kennt die Hügel tatsächlich wie seine Westentasche, und als wir aus dem dichten Wald auftauchen, bin ich erschöpft. Ich weiß nicht, wie viele Stunden wir gelaufen sind, aber ich war noch nie so froh, Anzeichen von Zivilisation zu sehen.

Nicht viel in Sachen Zivilisation, um ehrlich zu sein. Es gibt eine gepflasterte Straße und eine kleine Bar, die aussieht, als wäre sie dreihundert Jahre alt, die Art von Ort, wo das Holz splittert und der Boden noch Überreste der Pest enthält, aber alle sehen das als Teil seines Charmes. Es gibt auch einen Flecken Erde, der als Parkplatz dient, und ich kurzschließe das erste Auto, das wir sehen, während Rooster einsteigt und seine Tasche auf den Rücksitz wirft - er hatte sie schon über der Schulter, als die Bullen auftauchten. Glückstreffer, schätze ich, wenn man den Verlust von zwei Dritteln unserer Gruppe als Glück bezeichnen kann. Aber daran können wir jetzt nicht denken, während wir von hier verschwinden. Jetzt handeln. Später nachdenken.

Wir müssen uns verstecken.

Wir lassen das Fahrzeug eine Meile von der nächsten Stadt entfernt im Wald stehen und laufen durch ein weiteres dichtes Waldstück, meine Augenlider wie Sandpapier, meine Muskeln schmerzend. Wir tauchen in einer anderen Stadt östlich von der auf, in der Adeline lebt. Die Polizei wird kaum denken, dass wir in der Nähe geblieben sind, nicht wenn sie merken, dass wir ein Auto gestohlen haben. Hier zu bleiben sollte uns Zeit zum Schlafen verschaffen, zumindest... und zum Nachdenken.

Ich hole den Schlüssel - ich falle weniger auf als Rooster, selbst hier, und ich versuche mein Bestes mit einem Akzent. Ich bin mir ziemlich sicher, dass ich es vermasselt habe, aber ich kann nur hoffen, dass der gelangweilte alte Mann hinter dem Tresen nicht wach genug war, um es zu bemerken. Es ist erst neun Uhr, aber es fühlt sich definitiv später an.

Rooster und ich lassen uns auf das Bett fallen, keiner von uns bewegt sich, keiner von uns legt sich hin. Es ist, als wäre Sitzen die einzige greifbare Handlung, zu der wir gerade fähig sind. Sein Oberschenkel ist warm an meinem. Meine Brust ist kalt.

Was sollen wir jetzt tun? Wir haben weder Juliette noch Roosters Schwester. Wir sind auf ein Drittel unserer Crew reduziert. Und am kritischsten für diese Sache mit Ronnie - *Reginald* - wir haben Cue nicht. Wenn Cue derjenige ist, hinter dem Reginald her ist, hat er keinen Grund, mit uns zu verhandeln, keinen Grund, Juliette ohne ihn zurückzugeben.

Ich starre auf die Tür, massives Eichenholz, wie

man es in den Staaten nie sehen würde, und verfolge jeden Knoten mit meinem Blick, verzweifelt bemüht, mein Herz davon abzuhalten, zu implodieren. Es ist zu viel Druck in meiner Brust.

Verdammt. Ich übersehe etwas. Ich kann mir nicht vorstellen, warum Reginald die Polizei rufen würde. Vielleicht haben die Bullen gehört, dass das Mädchen vermisst wird. Vielleicht haben sie Berichte über seltsame Fahrzeuge erhalten, die dort unten fuhren, Anrufe über eine Verfolgungsjagd mit hoher Geschwindigkeit, die von ihrem Haus wegfuhr. Das ergibt mehr Sinn - Reginald hatte keinen Grund, sie zu rufen. Was bedeutet, dass es für ihn genauso schlimm ist wie für uns.

Und die Einzigen, die darunter leiden werden, sind Juliette und Adeline.

»Was werden wir tun?«, flüstere ich zur Tür. »Rooster, was -«

»Ich denke nach, Mädel. Gib mir nur 'ne Minute, ja?«

Aber ich will ihm keine Minute geben. Ich will, dass er es in Ordnung bringt. Aber es gibt nichts zu tun, oder? Nichts, was wir tun *können.* Mack, Ryder, Blade, Cue - sie kommen nicht aus dem Knast. Wenn wir nichts zum Verhandeln haben, können wir Juliette und Adeline nicht zurückbekommen. Von jetzt an sind es nur noch wir beide.

Nein - *verdammt nochmal, nein.* Wir sind nicht so weit gekommen, um jetzt alle zu verlieren.

Ich schlucke hart und straffe die Schultern. »Wenn Reginald Rache will, würde er das alles nicht tun, um Cue verhaften zu lassen.« Es ergibt keinen Sinn, dass er uns hierher lockt, nur um die Bullen auf uns zu hetzen. Auf keinen Fall.

Rooster scheint zuzustimmen; er schüttelt bereits den Kopf, als ich mich umdrehe, um seinen Blick zu treffen.

Ich fahre fort: »Reginald ist ein Bulle mit einer Vendetta, aber er ist nicht an Gerechtigkeit vor Gericht interessiert, oder? Man entführt kein kleines Mädchen, wenn man sich um Gerechtigkeit sorgt.« Verdammt, vielleicht hat Adelines Freund die Bullen gerufen - dieses Nachthemd, dieser dritte Stuhl, *klar*. Natürlich würde er sie jetzt vermissen.

Und wenn das der Fall ist... hat Reginald einen Grund, uns zu helfen, unsere Jungs aus dem Polizeigewahrsam zu holen - er will seine eigene verdrehte Gerechtigkeit vollstrecken, nicht den echten Bullen überlassen. Es ist ein verrückter Gedanke, und das weiß ich, aber ich weiß nicht, was ich sonst denken soll. Ich brauche etwas, worauf ich hoffen kann.

»Wer weiß, ob er überhaupt noch ein Bulle ist?«, sagt Rooster nachdenklich. »Er benimmt sich sicher nicht wie einer. Zwischen seiner Arbeit mit dem Grunge und was er für Mack getan hat, für Jeff gearbeitet hat und jetzt das... Er stempelt sicher nicht von neun bis fünf, ne?«

»Wir könnten ja mal nachfragen, schätze ich.« Ich zucke mit den Schultern. »Wenn es hier Nacht ist... sollte jetzt noch jemand in Ohio arbeiten.«

Roosters Augen leuchten auf; er greift nach der Tasche zu seinen Füßen. Der Reißverschluss kreischt, sodass ich zusammenzucke, aber als er sich aufrichtet, hat er... den Laptop. Ein verdammt glücklicher Zufall, ganz sicher.

Er muss die Erleichterung in meinem Gesicht sehen, denn er sagt: »Ich hab dir doch gesagt, die Schotten sind schlauer als alle anderen, ne?«

Ich lächle, aber es tut meinem Gesicht weh.

Er wendet sich ab, tippt auf den Tasten, sucht nach WLAN, und von da an dauert es nur ein paar Minuten, bis er findet, was er braucht. Norman Black ist der Mann, der Reginalds Chef sein sollte.

Rooster greift nach dem Festnetztelefon auf dem Beistelltisch und führt den Hörer an sein Ohr. Ich erwarte nicht, dass der Mann abnimmt - es scheint zu einfach - also keuche ich fast, als jemand beim zweiten Klingeln rangeht. Die Stille ist ohrenbetäubend, während Rooster zuhört, seine Augen weit aufgerissen, aber er bleibt gefasst.

»Norman Black? Hier spricht Banner Macleod vom Polizeirevier in Plockton, Schottland.«

Banner? Ich hebe eine Augenbraue.

»Wir haben hier ein kleines Problem und müssen überprüfen, ob Reginald Henderson einer der Ihren ist.«

Ich lehne mich näher heran, und Rooster dreht den Hörer gerade so weit, dass ich die Antwort hören kann: »Er war es mal.«

»Aye, aber jetzt nicht mehr?« Rooster seufzt laut genug, damit der Typ es hören kann. »Das ist das Problem, fürchte ich. Er behauptet, dass er immer noch für das Cleveland Police Department arbeitet. Nun, ich will Ihnen nicht sagen, wie Sie Ihre Arbeit zu machen haben, besonders nicht von der anderen Seite des Teichs, aber wenn Sie so einen Mann in der Truppe haben -«

»Ich habe Ihnen gerade gesagt, er ist nicht unser Mann.«

»Er hat 'ne Marke mit Ihrem Namen drauf, ne?«

»Er hat eine alte Marke von der Zeit, als er *früher* hier gearbeitet hat. Wir haben ihn entlassen.«

Verdammt. Wir hatten Recht. Als sich mein Magen zusammenzieht, wird mir klar, dass es vielleicht besser gewesen wäre, wenn er noch bei der Polizei wäre. Mit einer Dienstmarke wäre er möglicherweise in einer besseren Position, um Cue rauszuholen - er will Cue leibhaftig und nichts weniger. Vielleicht will er Cue nur, um ihn zu töten, aber das werden wir natürlich nicht zulassen.

Wenn wir eine Wahl haben. Meine Kehle wird eng.

»Vielleicht kannst du mir einen Hinweis geben, womit ich es hier zu tun habe«, sagt Rooster. »Wenn ich eine tickende Zeitbombe an der Hand habe ...«

Der Mann am anderen Ende seufzt. »Ich dachte, er würde sich zusammenreißen, heiraten, vielleicht auf die richtige Seite kommen. Aber er kann einfach keine Ruhe geben.«

»Aye, du meinst seine Schwester?«

Stille. Dann: »Ist das der Grund, warum er sagt, er sei dort? Sie ist hier in Cleveland gestorben. Ich kann mir nicht vorstellen, dass er irgendeinen Grund hat, in eurer Gegend zu sein, es sei denn, er macht Urlaub. Er mochte Applecross schon immer.«

Applecross? Was zum Teufel ist Applecross?

»Weißt du, wo er normalerweise übernachtet, wenn er reist? Der Idiot ist hier abgehauen, als hätte er 'ne Laus im Arsch, und hat keine Adresse hinterlassen.«

»Oh, davon habe ich keine Ahnung, zumindest nicht genau. Ich hoffe einfach, dass er wieder in privater Angelegenheit dort ist. Und wenn er sagt, es sei etwas anderes als privat, dann lass deine Vorgesetzten wissen, dass er nicht zu unserem Dezernat gehört.«

»Aye, das hab ich ihnen auch gesagt, Bruder.«

Diesmal ist die Stille länger. »Von welchem Revier sagtest du noch mal, dass du bist?«

Ah, das »Bruder« war wohl ein todsicherer Hinweis, was?

Rooster schnüffelt. »Vielen Dank für deine Hilfe. Ich werde das auf meiner Seite klären. An deiner Stelle würde ich den guten alten Reginald anrufen, vielleicht sogar Anklage gegen ihn erheben, weil er den guten Namen von Cleveland in den Schmutz zieht.«

»Hey, warte mal -«

Rooster legt den Hörer auf und starrt ihn einen Moment lang an, als befürchte er, er könnte lebendig werden und zubeißen.

Schließlich wendet er sich mir zu. »Zumindest wissen wir jetzt, wo er sich versteckt, eh?«

»Vielleicht. Aber warum sollte er vorher hier Urlaub machen? Hat er Juliette und deine Schwester schon so lange beobachtet?«

Roosters Blick verdüstert sich. »Sieht ganz danach aus. Der Kerl plant das schon seit Langem.«

Toll. »Erzähl mir von Applecross.«

»Sehr ländlich. Sehr klein.« Er sieht mir in die Augen. »Sehr ruhig.«

»Ist es ein guter Ort, um eine Geisel zu halten?«

Aber nur weil er irgendwann in der Vergangenheit in Applecross war, heißt das nicht, dass er jetzt dort ist. Verdammt, der Kommandant hat gerade gesagt, er hätte gehofft, dass Reginald heiraten und sesshaft werden würde - die Dinge ändern sich schnell, und eine Adresse ist sicher am einfachsten zu ändern.

»Es gibt nicht viele Orte auf dem Land, wo man niemanden gefangen halten *kann*. Verdammt, selbst in einer Stadt müsstest du nur ...« Er bricht ab, aber mein Gehirn ergänzt den Rest.

Egal wo man eine Geisel hält, man muss sie nur in Schach und ruhig halten. Jeffs Haus war zwar privat, aber sicher nicht ländlich.

»Hast du irgendwelche brillanten Ideen, wie wir herausfinden können, wo genau Reginald in Applecross gewohnt haben könnte?« Vielleicht kennt er jemanden dort. Vielleicht hat er eine Adresse hinterlassen.

Rooster nickt und nimmt noch einmal den Hörer ans Ohr. »Aye. Blade ist nicht der Einzige, der jemanden kennt. Und wir sind jetzt auf meiner Insel, Kleine.«

Bam! Bam!

Ich fahre kerzengerade hoch, das Herz in der Kehle. Für einen kurzen Moment bin ich wieder in Adelines Haus, die Tür explodiert nach innen, Polizisten stürmen den Raum. Dann wechselt die Szene zu dem Angriff in einem anderen Motelzimmer - ich wurde entführt, in einen Kofferraum gesperrt. Ich bin rausgekommen, aber ...

Ich kann nicht atmen. *Scheiße.*

Wir starren beide einen Herzschlag lang zur Tür, aber niemand kommt herein. Keine Explosionen. Das Klopfen ertönt erneut, diesmal leiser.

Tap-tap-tap!

Wir tauschen einen Blick. Rooster schaut zum Badezimmer, aber ich kann das Fenster von hier aus sehen - lang und schmal, viel zu klein zum Durchklettern. Wenn es die Polizei ist, haben wir keine Chance rauszukommen. Wir sitzen in der Falle.

Ich schleiche so leise wie möglich zur Tür und klappe die Abdeckung des Spions auf. Mein Puls rast. *Oh mein Gott, oh mein Gott, oh mein Gott.*

Das Mantra wiederholt sich in meinem Kopf, mit jeder Wiederholung lauter, während ich die Tür aufreiße.

KAPITEL 18

ue!

Er ist schmutzig, seine Hose am Knie zerfetzt, sein T-Shirt mit etwas gesprenkelt, das Blut sein könnte. Er hat einen Schnitt am Kinn, aber er scheint nicht tief genug zu sein, um genäht werden zu müssen - er beginnt bereits zu verschorfen.

Ich trete zurück, damit er eintreten kann, und sobald ich die Tür hinter ihm zugeschoben habe, werfe ich mich in seine Arme.

»Herrgott, ich dachte, sie hätten dich geschnappt, ich dachte...« Ich schlucke hart und ziehe mich zurück, um sein Gesicht sehen zu können.

Seine Augen sind vor Schock geweitet, als ob er erwartet hätte, dass ich ihn hassen könnte - vielleicht sollte ich das auch. Aber ich kann nicht. Die Höhlen unter seinen Augen sind dunkelviolett verfärbt, und Spinnweben aus Rot um seine Iris lassen es aussehen, als hätte er geweint. Ich will es nur besser machen. Aber ich weiß nicht, wie ich seine Schuld mit dem, was Ursula passiert ist, in Einklang bringen soll. Ich weiß nicht, wie ich das wieder in Ordnung bringen kann.

Rooster marschiert über den Boden, die Arme verschränkt. »Du hast einiges zu erklären, Bruder. Und komm mir nicht mit dem 'Ich kann nicht reden'-Scheiß-«

»Ich wollte sie nicht töten.« Die Worte brechen in einer tiefen, samtigen James-Earl-Jones-Stimme hervor, so voller Bass, dass ich es in meiner Brust spüre.

Rooster und ich starren Cue schockiert an. Obwohl es genau das ist, worum Rooster ihn gerade gebeten hat, glaube ich nicht, dass einer von uns erwartet hat, dass er so schnell umschaltet. Soweit ich weiß, hat Rooster ihn nie sprechen gehört - ich glaube nicht, dass einer von ihnen das je hat. Keiner von ihnen hat Cue getroffen, bis er diesen verdammten Kopf geliefert hat.

Rooster lässt die Arme sinken, und obwohl seine blauen Augen hart wie Stahlsplitter bleiben, deutet er auf das Bett. »Setz dich, Bruder. Erzähl uns. Gott weiß, wir wollen dich verstehen. Und ich bin verdammt froh, dass du in meinen Kopf gekommen bist und herausgefunden hast, wo wir sein würden.«

Cue geht nach vorne, als wäre er in einem Traum, und wir alle lassen uns in einer Reihe nieder, Cue in der Mitte eingequetscht. Er riecht nach Erde und Schweiß - moschusartig. Und sein Hemd... die roten Linien sind zu gleichmäßig, um von dem Kratzer in seinem Gesicht zu tropfen. Er blutet irgendwo anders.

Ich drücke mich von der Matratze hoch und hole einen nassen Waschlappen aus dem Badezimmer, zusammen mit einem Plastikbecher Wasser und einem

Stück Seife. Er sollte bald duschen und sich säubern, aber ich will nicht, dass er irgendwelche Wunden wieder öffnet. Und die Diskussion fühlt sich wichtiger an als das Abspülen.

Ich greife den Saum seines T-Shirts und hebe es an; er lässt es zu, seine Bewegungen steif und ruckartig. Die Wunden auf seiner Brust sehen zu gleichmäßig aus für Baumäste, eher wie... hm. Fingernagel-Kratzer? Ein Satz von drei tiefen Schrammen durchschneidet sauber eines seiner Tattoos: EHRE in fetten schwarzen Buchstaben.

»Warst du in einer Schlägerei?«, frage ich.

Er schüttelt den Kopf. Ich berühre die Verletzung vorsichtig mit dem Lappen und taste behutsam die Ränder ab. Hat er das... sich selbst angetan?

Ich öffne den Mund, um zu fragen, aber Cue holt tief Luft und beginnt zu sprechen, und bald bin ich in seiner Stimme, in seinen Worten verloren.

»Ich kann mich nicht an alle Details erinnern«, sagt er. »Ich war damals mitten in einem Rausch. Völlig zugedröhnt. Die Ausschnitte, an die ich mich erinnere, sind... grauenhaft, obwohl viele davon Halluzinationen sind. Ich erinnere mich, dass sie Reißzähne hatte, was offensichtlich nicht stimmt. Und der Mann...«

»Der, der Ryders Schwester getötet hat«, ergänzt Rooster.

Cue nickt. »Ich war in der Nacht dabei, als er ihre Leiche in dieser Schlucht abgeladen hat, und ich erkannte ihn aus der Nachbarschaft. Ich war daran nicht beteiligt«, fügt Cue hinzu, als Roosters Kinnlade herunterklappt. »Aber ich beobachtete Greg von der

gegenüberliegenden Straßenseite aus. Ich war obdach-
los, durch meine Zeit beim Militär am Arsch, süchtig.
Ich gab einen anonymen Tipp, damit die Polizei sie
finden würde. Ich nahm an, sie würden ihn verhaften,
aber alles, was sie taten, war, ihn zu befragen. Und
danach bin ich einfach... immer wieder zurückgegan-
gen. Saß auf dem Gehweg gegenüber. Beobachtete
diese Stelle, als könnte ich ihr vielleicht helfen.«

»Und statt ihr zu helfen... hast du Ryder gesehen.«

Die Stille dehnt sich aus, und ich nutze die Gelegenheit, den Lappen auszuspülen. Er färbt das Becken rosa.
Als ich zurückkomme, starrt Cue immer noch auf seine
Hände, aber zumindest sieht seine Brust besser aus. Ich
gebe Seife auf den Lappen und hebe seinen Arm, um
an seine Achselhöhle zu kommen - dort sind auch Kratzer, wahrscheinlich diesmal von Ästen, und bei weitem
nicht so tief wie die auf seiner Brust.

»Er kam jede Nacht«, sagt Cue. »Er saß einfach da
und starrte auf die Stelle, wo ihre Leiche abgeladen
wurde. Und eines Nachts bekam ich die Hände an einen
guten Schuss, und plötzlich erschien es so sinnvoll,
diesen Arsch auszuschalten. Ich... dachte, ich würde
diesem einsamen Mann in der Schlucht helfen, wie ich
ihr nicht hatte helfen können. Ich konnte ihm wenigstens Abschluss geben und sicherstellen, dass Greg nie
wieder jemanden töten würde.«

Ich wende mich seinem anderen Arm zu, aber mein
Herz sitzt mir in der Kehle. Er spricht, als wäre er völlig
losgelöst von dem Ereignis. Als würde er ein Märchen
vorlesen, sein Blick leer. Es ist beunruhigend, sicher
aufgrund des Traumas.

120

»Greg lag auf dem Wohnzimmersofa, als ich durch das Apartmentfenster einschlich - daran erinnere ich mich. Ich wusste nicht einmal, dass eine Frau in der Wohnung war. Sie kam auf mich zu, mit knirschenden Zähnen und Reißzähnen... und das ist alles, woran ich mich erinnere. Bis danach.«

»Vielleicht hast du es gar nicht getan.«

»Ich wachte mit Blut an den Händen auf, Isabelle - ich habe es ganz sicher getan. Und ich habe definitiv den Kopf dieses Mannes zu Ryder zurückgebracht. Das steht außer Frage.«

»Aber vielleicht würde eine Jury es verstehen, vielleicht-«

»Hier geht es nicht um eine Jury. Es geht um mich. *Ich habe* seine Schwester getötet, genauso wie Greg Ryders Schwester getötet hat. Wir wurden alle durch das Blut anderer zusammengebracht. Ich denke, es ist höchste Zeit, dass mein Blut diesen Unsinn beendet.«

Meine Lungen zittern und stocken. Moment, sagt er damit... er ist bereit, sich zu opfern? Dass es für ihn in Ordnung ist, wenn Reginald ihn tötet?

Ich lege den Lappen beiseite und lasse die Seife darauf fallen. Rooster legt einen Arm um Cues Schultern - unterstützend.

»Wir werden das klären, Cue«, sage ich. »Gib uns nur ein paar Tage zum Nachdenken. Ich werde nicht zulassen, dass du stirbst, und schon gar nicht durch die Hände eines Mannes, der ein kleines Mädchen entführen würde.«

»Das ist mein Schlamassel, Isabelle. Ich bin alles, was er will, und das aus gutem Grund.« Er schluckt schwer. Seine Finger finden gedankenverloren seinen Arm, fahren die eingestochenen Striche nach. »Reginald will mich wegsperren - er hat diese Beamten zum Haus geschickt, um mich mitzunehmen; sie haben mich nur nicht gesehen. Und ich... bin weggelaufen. Ich bin in Panik geraten. Ich gerate immer in Panik, wenn es darauf ankommt.« Er strafft die Schultern. »Beim nächsten Mal werde ich nicht in Panik geraten.«

Ich schüttele den Kopf. Nein, das stimmt nicht. »Warum sollte er das tun, Cue? Er hätte die Bullen schon vor langer Zeit auf dich hetzen können.«

»Ich stimme zu, dass sich etwas verändert hat«, sagt er und hebt seinen Blick, um meinem erneut zu begegnen. »Ich bin mir nicht sicher, was es ist, aber er hat endlich sein Endspiel erreicht. Er hätte sich nicht der Grunge entledigt, wenn er bei klarem Verstand wäre.«

»Aber wenn er nur dich gewollt hätte, hätte er das gesagt. Stattdessen hat er alle anderen mitgenommen. Wenn du mit den Bullen recht hast-«

»Ich denke, er hat sie gerufen, um sicherzustellen, dass der Rest von euch aus dem Weg ist. Es war ein Risiko, weil er nicht sicher war, ob sie mich erwischen würden oder nicht, aber nach dem, was in der Hütte passiert ist, weiß er offensichtlich, dass er keine Chance gegen uns alle hat.«

»Aber selbst wenn wir dich an ihn ausliefern, können wir nicht garantieren, dass er Juliette gehen lässt. Was bringt das?« Ich beiße mir auf die Lippe, um die anderen Worte zurückzuhalten, die in meinem Kopf herumwirbeln: *Ich will dich nicht verlieren, Cue. Wir brauchen dich. Ich brauche dich.*

Er hebt seine Fingerspitzen an meine Wange. »Ich bin hierhergekommen, weil ich dich liebe. Weil du es verdienst, es von mir zu hören. Vielleicht die anderen auch«, er blickt zurück zu Rooster, »aber sie werden sich nicht so sehr um die Worte scheren. Nur um meine Taten. Ich muss das Richtige tun.«

Er lässt seine Finger an der Seite meines Gesichts hinabgleiten; sie bleiben kleben. Ich berühre meine andere Wange - Tränen. Scheiße, ich weine. Sie tropfen von meinem Kinn und gleiten über meinen Kiefer, um meinen Hals zu benetzen.

»Ich möchte, dass meine letzten Worte an dich süß sind, Isabelle. Ich möchte, dass du dich an mich erinnerst, so wie ich jetzt bin. An diesem Ort, wo ich versucht habe, besser zu sein.« Dann lehnt er sich vor und presst seine Lippen auf meine.

KAPITEL 19

hne nachzudenken, ohne zu zögern, schlinge ich meine Arme um ihn. Ich achte auf die Wunde an seiner Brust, aber sie blutet jetzt nicht mehr stark. Ich bin froh, dass ich mich geirrt habe und sie nicht so tief ist.

Ist dies ein Abschied? Ist das alles, was wir haben? Obwohl mich diese Gedanken, die in meinem Kopf kreisen, erschrecken, klammert sich eine panische Hoffnung an jedes Wort – die Vorstellung, dass wir, wenn wir zusammenhalten, einen Weg finden werden, dies zu lösen. Wir werden in der Lage sein, die anderen aus dem Gefängnis zu holen. Wir können einen Weg finden, gemeinsam voranzukommen.

Er riecht nach Motelseife und dem frischen Duft des Waldes, ein holziger Geruch, der wahrscheinlich noch lange nach dem Duschen an seiner Haut haften wird. Er schmeckt nach Schmerz – nach Salz und Tränen.

Seine Hände zittern, als er sie um meinen Brustkorb legt.

Das Bett bewegt sich, als Rooster aufsteht, aber ich weiß, dass er bei mir angekommen ist, als ich seine Finger am unteren Saum meines Shirts spüre. Ich löse kurz meine Lippen von Cues und hebe meine Arme, damit sie mir zuerst mein T-Shirt und dann meinen BH ausziehen können. Ich bewege meine Hüften, als Rooster am Bund meiner Hose zieht. Ich höre Gürtel klirren. Ich glaube, Cue zieht auch seine Jeans aus, aber ich will unseren Kuss nicht noch einmal unterbrechen. Plötzlich habe ich schreckliche Angst, dass ich ihn wieder verlieren werde, wenn ich diese Verbindung breche, und diesmal für immer.

Ich lehne mich an Cue und küsse ihn weiter, während Rooster meine Hose von meinen Knöcheln rollt und sie von meinen Füßen zieht. Ich senke meine Fingerspitzen zu Cues Hüfte – nackt. Mit der anderen Hand umfasse ich seinen Hinterkopf und ziehe ihn mit mir, als ich mich aufs Bett schiebe.

Unsere Münder lösen sich voneinander, als wir auf die Matratze fallen, aber Cue fängt meinen fast sofort wieder ein, als unsere Köpfe die Kissen berühren. Seine Augen sind weit geöffnet, dunkel und tief, und ich starre in diese flüssigen Tiefen, verliere mich darin. Ich lasse die Gedanken, die Angst, den Schmerz für diesen einen perfekten Moment los. Die Wärme an meinem Rücken verrät mir, dass Rooster hinter mir ist, und als ich Druck auf meinem Oberschenkel spüre, senke ich meine Handfläche auf seine Hand und drücke sie.

Cue rückt näher, und ich hake meinen Knöchel über seine Hüfte. Aber im Gegensatz zu Rooster in diesem Laderaum hält Cue mich nicht auf – er versucht nicht, die Kontrolle zu übernehmen. Er will nicht mehr die Führung haben.

Ich glaube, er fühlt, dass er schon viel zu lange die Verantwortung trug. Und ich denke, er hat nie geglaubt, dass er sie verdient hat.

Ich ziehe seine Hüften mit meinem Fuß an seinem Hintern näher, bringe ihn zu mir und lasse ihn die feuchte Hitze in meinem Zentrum finden. Ich reibe meine Schamlippen an seinem Schwanz, und als ich spüre, dass die Spitze nahe an meiner Öffnung ist, bewege ich mich so nah heran, dass er seine Hüften nach oben stoßen kann, um in mich einzudringen.

Seine Lippen bleiben auf meinen, während er langsam, aber vollständig stößt und seinen Schwanz ganz herauszieht, bevor er ihn wieder in mich versenkt. Unsere Hüften sind wie Magnete, ein stetiges Hin und Her, das mich mit ihm schaukeln und stöhnen lässt, unser Atem keucht zwischen unseren Lippen, unsere Augen sind ineinander verschlossen. Rooster schlängelt seine Hand zwischen uns und reibt an meiner geschwollenen Klitoris, was einen Blitz der Elektrizität auslöst, der mich vor Verlangen ächzen lässt. Jedes Zucken seiner Fingerspitzen erzeugt einen noch stärkeren Strom.

Rooster lässt Schmetterlingsküsse entlang meines Schulterblatts regnen, und ich hebe meinen oberen Arm, um ihm Zugang zu meinen Brüsten zu gewähren. Er weiß genau, was zu tun ist; er senkt seine Lippen und leckt mit seiner Zunge über die Spitze meiner Brustwarze. Cue beobachtet dies, dann lässt er seine Zunge zwischen meine Zähne gleiten, ohne das stetige Stoßen seiner Hüften zu unterbrechen.

Rooster bewegt sich. Ich spüre seinen Schwanz am oberen Teil meines Oberschenkels, seine Härte zwischen meinen Beinen. Er wartet auf seine Chance. Cue schließt endlich für einen Moment länger als ein Blinzeln die Augen und seufzt, lang und laut.

Er macht selten Geräusche beim Sex, und der Klang ist so erotisch, dass der Wunsch, ihn wieder zu hören, zu einem körperlichen Bedürfnis wird, das tief in meinem Unterleib pulsiert.

Ich berühre seine Wange und stoße meine Hüften so hart ich kann gegen ihn. »Stöhn für mich, Cue. Ich will dich hören.«

Er öffnet die Augen, packt meine Hüfte mit seiner Hand und stößt zu, versenkt sich immer wieder bis zum Anschlag, aber das Geräusch, das er macht, ist kein Stöhnen. Es ist ein Brüllen, ein tiefes, rollendes Geräusch, das halb Knurren und halb euphorisch ist, und ich kann nicht anders, als mit ihm zu stöhnen. Mein Inneres vibriert vor Verlangen. Ich erschaudere.

Cue hebt sanft mein Knie, bis es zur Decke zeigt, und zieht seinen Schwanz aus mir heraus. Ich öffne meinen Mund, um zu protestieren, aber dann spüre ich, wie Rooster stattdessen in meine Pussy gleitet. Ah, ich sehe, was sie vorhaben. Ich hebe mein Bein und hake mein Knie mit meinem Ellbogen ein, öffne mich ihnen, während Cue mich fickt, dann Rooster, dann wieder Cue, ein oder zwei Stöße pro Mal.

Ich schließe meine Augen, mein Körper ist überflutet von Empfindungen, die unterschiedlichen Winkel ihrer Schwänze stimulieren verschiedene Teile meiner Anatomie, bis mein ganzes Wesen zittert. Rooster stößt zweimal, dreimal mit seinen Hüften, dann verschwindet er, um durch Cues Schwanz ersetzt zu werden, das Piercing an der Spitze ein wonnevoller Bonus.

Ich stöhne. »Ihr Jungs treibt mich . in den Wahnsinn.«

Cue hebt mein oberes Bein, und diesmal, als Rooster zustößt, dringt Cue gleichzeitig in mich ein. Ich schreie auf, aber Cue presst seine Lippen erneut auf meine und fängt meinen Schrei in seiner eigenen Kehle.

Scheiße.

Mack ist ein riesiger Kerl, aber selbst sein Umfang kann nicht mit zwei Männern in mir gleichzeitig mithalten. Roosters Schwanz presst jeden exquisiten Zentimeter von Cues Schwanz gegen meinen G-Punkt während seiner gesamten Bewegung. Ich kann nur fühlen, wie die Welt schwankt, mein Atem kommt in gepressten Keuchen.

Sie haben nicht viel Spielraum zum Manövrieren, aber sie finden ihren Rhythmus, einer dringt ein, während der andere sich zurückzieht, wie eine Reihe feuernder Kolben, vor und zurück, vor und zurück. Die Empfindung in der Mitte dieser Sequenz, wenn sie mich beide gleichzeitig ausfüllen, macht mich vor Verlangen wahnsinnig, eine berauschende Euphorie, die sich anfühlt, als würde ich bereits kommen. Es ist, als wäre jede Bewegung ein subtiler Orgasmus für sich, jeder Stoß ihrer Schwänze so intensiv, dass meine Nerven zittern und meine Beine beben. Ich habe keine Kontrolle mehr über *irgendetwas*, nicht über meinen

Atem, nicht über die pulsierenden Kontraktionen, die durch meinen Körper rasen, nicht über das weiße Licht, das im Takt ihrer Stöße heller und dunkler wird. Cue lässt meinen Mund los, aber jetzt gibt es keine Sorge mehr um Lärm. Meine ganze Energie wird fürs Fühlen aufgewendet, mein Atem ist eine Serie von keuchenden Quietschern.

Ekstase. Pure, unverfälschte Ekstase.

Ich komme mit solcher Wucht, dass die Welt um mich herum schwarz wird, mein Rücken schmerzhaft gebogen – mein Herz bleibt stehen. Licht explodiert wie ein Feuerwerk hinter meinen Augenlidern. Meine Scheidenwände ziehen sich so kraftvoll zusammen, dass beide aufkeuchen. Und dann höre ich sie grunzen, stöhnen, ihre Bewegungen so manisch, dass sie mit mir kommen müssen – wir alle sind ein einziger glückseliger Organismus, aufgebaut aus pulsierenden Muskeln.

Rooster gleitet zuerst aus mir heraus, sein Schwanz klebt an meiner Pobacke. Cue lässt seinen drin, beobachtet mein Gesicht, während er erschlafft und jede Millisekunde der Verbindung aus dieser Erfahrung auskostet.

»Kümmere dich um unser Mädchen«, sagt Cue und streicht mir übers Gesicht.

»Aye«, antwortet Rooster, aber es ist ein zitterndes Flüstern an meiner Schulter. Weint er?

Ich glaube, ich tue es – Tränen und Schweiß und Lust und Trauer. »Bitte geh nicht«, sage ich.

»Ich habe keine Wahl. Aber es wird schon gut gehen.«

»Versprich mir, dass du mir ein paar Tage gibst«,

versuche ich es erneut. »Warte, bis wir die anderen aus dem Gefängnis geholt haben. Dann kannst du tun, was du willst.«

Er blinzelt. Schließlich seufzt er. »Okay.«

Mein Herz macht einen Sprung. Es ist keine überschwängliche Art von Glück, sondern eine abgestumpfte Notlösung, das Gefühl, wenn man dem Tod ein Schnippchen geschlagen hat, wenn auch nur für den Moment, obwohl man weiß, dass er mit der Zeit zurückkommen wird.

KAPITEL 20

Der Tod kommt gegen drei Uhr morgens wieder zu mir. Aber nicht buchstäblich. Das Gefühl des Verfalls trifft es eher – eine schwere Fäulnis, die meine Glieder beschwert und mich zu lähmen versucht. Ich schleiche mich aus dem Bett, gleite unter der Wärme ihrer Gliedmaßen und der Baumwolle der Decken hervor in die eisige Luft der Ungewissheit.

Ronnie – Reginald – der Überbringer unseres Untergangs, der Schreiber unseres Schicksals. Wenn ich Cue ihn zuerst finden lasse, wird er sich ohne zu zögern ausliefern.

Wenn Rooster wüsste, was ich vorhabe, würde er etwas unternehmen, um mich aufzuhalten, besonders angesichts Reginalds Vorgeschichte mit dem Entführen von Frauen und Kindern.

Nein, das ist keine Aufgabe für die Gruppe.

Ich muss Reginald selbst finden.

Sie schlafen beide, als ich aufbreche. Die Morgendämmerung ist nur ein verschwommener violetter Streifen am Horizont, der Nebel dick und kalt. Ich gehe zurück zu dem Auto, das wir gestohlen haben, und mache mich auf den Weg nach Applecross. Wie Rooster sagte, er hat einen Kontakt – was bedeutet, er hat eine Adresse bekommen. Ich habe sie mir eingeprägt, bevor ich ging. Anscheinend gibt es in Applecross nur begrenzt Mietobjekte, und das Haus an dieser Adresse ist an einen Amerikaner vermietet. Keine perfekte Wissenschaft, aber es ist etwas. Es ist einen Versuch wert.

Ich bin mir nicht sicher, ob wir mit Reginalds Versteck richtig liegen. Aber ich weiß, dass ich die anderen nicht mitnehmen kann. Ich habe eine Chance, ihn zu überzeugen ... oder Juliette und Adeline herauszuschmuggeln, so wie er mich aus Jeffs Haus geschmuggelt hat. Und dann kann Rooster ihn töten – oder ich. Poetische Gerechtigkeit, nicht wahr?

Aber wenn ich einen falschen Schritt mache ... könnte ich sterben.

Ich wappne mich und trete das Gaspedal durch.

Die Sonne lugt gerade hinter dem Horizont hervor, als ich Applecross erreiche. Die Landschaft ist von langen, geschwungenen Straßenbändern durchzogen und von großen Felsbrocken übersät, die aussehen, als könnten sie auf einen herabstürzen, wenn man ihnen zu nahe kommt. Die Stadt selbst liegt fast ausschließlich an der Küste, mit Wasserflächen auf der einen Seite und Reihen gleichförmiger Häuser auf der anderen. Über dem Wasser starren die violetten Berggipfel zurück und ragen über der Stadt auf, als wollten sie sie mit ihrer Masse in den Schatten stellen.

Die Adresse gehört zu den wenigen abseits der ausgetretenen Pfade, versteckt in einer Senke zwischen den sanften Hügeln. Weiße Holzverkleidung, ein rostfarbenes Dach, das zu Roosters Haar passt, eine leuchtend grüne Tür. Zwei Autos stehen auf dem Kies davor.

Eines ist der Nissan von Adelines Haus.

Mein Herz schießt mir in den Hals. Er ist hier – *ich habe ihn gefunden!* Aber wo könnte er das Mädchen und Roosters Schwester festhalten? Es gibt keine Scheune, keine Garage, also müssen sie im Haus sein, es sei denn, er hat sie an einen Betonklotz gebunden und im Wasser versenkt.

Ich schiebe den Gedanken beiseite. Auf keinen Fall. Auf keinen Fall, auf keinen Fall, auf keinen Fall. Er braucht sie lebend, wenn er Cue will, und ich weiß mit Sicherheit, dass er dieses bestimmte Ziel noch nicht erreicht hat.

Ich parke hinter einem außergewöhnlich großen Felsen und verberge das Auto vor dem Blick des Hauses. Die Luft draußen ist eisig, Böen vom Wasser her durchdringen mich bis ins Mark. Ich schaudere, schleiche mich aber zur Kante des Felsens und spähe herum, um einen Weg zum Haus zu finden, auf dem ich nicht gesehen werde. Es gibt hier keine Bäume und keine nennenswerten Büsche, nur die Steine, die wie die Zähne eines unterirdischen Monsters aus der Erde ragen. Der Glanz des frühen Morgens könnte ein wenig helfen – einige der Steine werfen tiefe Schatten auf den Boden, in denen ich mich gut verstecken könnte, aber ich werde ins Freie treten müssen, wenn ich näher an das –

Ich ducke mich hinter den Felsen, als die Haustür mit einem Knall wie ein Gewehrschuss zuschlägt. *Scheiße.* Hat er mich gesehen? Ich stehe mit dem Rücken an den kalten Stein gepresst da und lausche, aber niemand ruft mir nach. Und dann ...

Hm. Jemand lacht. Und es ist definitiv nicht Ronnie.

Ich lasse mich auf die Knie fallen und schiebe vorsichtig und leise mein Gesicht noch einmal um die Seite des Felsens.

Einen Moment lang bin ich mir nicht sicher, was ich sehe.

Ach du Scheiße. Halluziniere ich?

Ich kneife die Augen zusammen, als wollte ich sie davon überzeugen, dass sie lügen, aber als ich blinzele, ist das Mädchen immer noch da – klein für drei Jahre, dunkelhaarig und dünn, aber lächelnd im Glanz der Morgendämmerung. Als wollte sie die letzten Fragen in meinem Kopf zerstreuen, streckt eine Frau ihren Kopf hinter der grünen Tür hervor. Leuchtend rotes Haar, ihre Locken fliegen im Wind.

»Aye, Mädchen, komm rein un' zieh 'nen Mantel an. Du wirst dir noch den Tod holen!« Roosters Schwester. Muss sie sein. Und sie ist definitiv nicht die Amerikanerin, die diesen Ort gemietet hat.

Ich starre. Verdammt. Bruchstücke von Gedanken stürmen auf mich ein und fügen sich zusammen.

Was hatte Reginalds Chef gesagt? Etwas darüber, dass er hoffte, Ronnie würde sesshaft werden, heiraten. Aber wer zieht in Betracht, dass jemand heiraten könnte, wenn er nicht schon einen Partner im Sinn hat? Und diese drei Stühle am Bistrotisch. Das Nachthemd in Adelines Schublade. Kein einziges Anzeichen eines Kampfes irgendwo in diesem Haus.

Was, wenn Reginald sie gar nicht entführen musste? Was, wenn Adeline Juliette mitgenommen und freiwillig mitgegangen ist, weil sie ihn mag?

Wie konnte ich das vorher nicht sehen?

Reginald hatte sich in die Grunge eingeschleust, indem er ein Geschäft mit einem ihrer Mitglieder aufbaute. Er war ein Anwärter bei den Renegades geworden, als er anfing, mit Mack zu arbeiten. Er ist ein Chamäleon und überlässt nichts dem Zufall.

Er hatte sich auch bei Juliettes Familie eingeschlichen. Roosters Schwester verführt. Ich wusste, dass Adeline dieses spitzenbesetzte Teil nicht für sich selbst gekauft hatte.

Und ich glaube, ich weiß, wie ich das gegen ihn verwenden kann.

KAPITEL 21

Adeline würde ihrem Bruder nicht wehtun - ich kenne die Frau nicht, aber ich muss daran glauben. Also kann sie unmöglich wissen, was Reginald vorhat; sie kann nicht wissen, dass er ein Mörder ist. Das bedeutet, ich habe einen Hebel in der Hand, wenn ich es richtig anstelle ... vorausgesetzt, er kümmert sich wirklich um sie.

Es gibt nur einen Weg, wie ich das anstellen kann. Und er ist riskant.

Ich steige wieder ins Auto und fahre direkt die Einfahrt hoch.

Das kleine Mädchen steht auf, als ich aus der Fahrerseite aussteige. Ich winke. Sie runzelt die Stirn und rennt zum Haus, aber Adeline ist bereits auf der Veranda, den Kopf schief gelegt.

»Guten Morgen«, sage ich fröhlich und hoffe, dass ich nicht verdächtig aussehe. Ich glaube nicht, dass ich es tue, abgesehen davon, dass ich Amerikanerin bin, und wenn ich recht habe, stört sie der US-Akzent überhaupt nicht.

Ich bin darauf vorbereitet, ihr eine Ausrede zu geben. Ich denke, ich kann ihr sagen, dass ich eine Freundin von Rooster bin, ohne dass sie sich aufregt, aber ich muss gar nichts weiter sagen. Reginald selbst kommt hinter ihr aus dem Haus und legt seinen Arm um ihre Schultern.

»Guten Morgen, Isabelle.«

Adeline schaut zu Reginald - ihrem Freund? - und dann wieder zu mir. »Isabelle ... Roosters Isabelle?« Sie macht einen Schritt von Reginald weg, und für einen Moment bin ich mir nicht sicher, was sie tun könnte - diese ganze Wendung der Ereignisse war unerwartet. Aber dann umarmt sie mich so fest, dass es mir den Atem raubt.

Von weitem sieht sie wie eine kleinere Frau aus. Aus der Nähe ist sie fast einen Kopf größer als ich - fast so groß wie Reginald.

»Ich freu mich so, dich kennenzulernen«, ruft sie, und die Betonung ist Rooster so ähnlich, dass ich nicht anders kann, als zu lächeln. Außerdem ... Er hat ihr von mir erzählt? »Tut mir leid. Ich wusste nicht, dass du hier rauskommst. Was führt dich nach Applecross? Ich dachte, du lebst unten in Kentucky.«

»Nur zu Besuch. Er meinte, ich könnte dich hier finden.«

»Ach du meine Güte, ausgerechnet in der Woche, in der ich mein Handy verloren habe.« Sie schüttelt den Kopf.

Ich werfe einen verstohlenen Blick auf Reginald,

dessen Blick sich verdunkelt hat. Sie hat ihr Handy nicht verloren; er hat sie von Rooster abgeschnitten - von allen, bis das hier vorbei ist.

Aber was erwartet er jetzt? Wie stellt er sich das Ende vor?

»Du musst Reginald sein«, sage ich und strecke meine Hand aus.

Er schnüffelt. »Raymond.«

Er hat nicht seinen richtigen Namen benutzt. Das könnte ein schlechtes Zeichen sein; ich kann sie nicht gegen ihn verwenden, wenn er nicht vorhat, bei ihr zu bleiben. Dachte er, er könnte uns alle loswerden, ohne dass sie je davon erfährt? Hat er vor, sie zu verlassen, wenn er mit Cue fertig ist?

»Oh, tut mir leid«, sage ich. »Ich muss mich irren. Bist du Polizist, oder verwechsle ich dich komplett mit jemand anderem?«

Adeline schnaubt. »Ein Polizist. Das kann ich mir nicht mal vorstellen.« Sie kichert wieder, ein Lachen genau wie das von Rooster. Sie wird am Boden zerstört sein, wird mir klar. Genauso wie ich es bin, da mir die Hälfte meiner Crew fehlt.

Ich schlucke schwer.

»Mama!«

Adeline dreht sich um. In der Tür hinter ihr tanzt das Kind einen kleinen Jig, was wahrscheinlich bedeutet, dass es pinkeln muss.

Adeline wird sofort aktiv. »Bin gleich wieder da«, sagt sie und verschwindet dann in der Dunkelheit des Hauses.

Jetzt oder nie. Reginald scheint das auch zu verstehen, denn er tritt auf den Kiesweg.

»Kein verdammtes Wort zu ihr über mich«, sagt er.

»Was zum Teufel willst du tun? Sie umbringen? Mich umbringen? Mich einsperren wie Jeff? Viel Glück dabei, *Raymond*.«

»Ich war undercover bei Jeff. Ich konnte dich nicht einfach raushauen. Aber ich habe mein Bestes getan.«

»Du warst weder damals noch jetzt undercover. Du hast hier keine Befugnis. Und obwohl du mir geholfen hast, von Jeff wegzukommen, hast du mich eine Woche lang dort gelassen, nachdem du wusstest, dass ich gefangen war.« Ich schüttle den Kopf. »Du bist kein bisschen besser als Jeff, wie du Juliette und Adeline hier draußen festhältst.«

»Ich halte sie nicht hier fest. Ich liebe sie - das sollte nie passieren. Und was das Wegbringen angeht ...« Er blickt über seine Schulter, und als Adeline nicht wieder auftaucht, sagt er: »Dominick hat den Frieden zwischen eurer Gruppe und einem M.C. aus New York aufrechterhalten. Sie haben für die Grunge gedealt. Mit Dominick aus dem Bild haben sie eine wichtige Einnahmequelle verloren und es als persönliche Beleidigung aufgefasst. Sie beschlossen, den Club anzugreifen - euch. Ein Detektiv-Kumpel hat davon über Umwege erfahren, aber die Polizei wollte nicht eingreifen. Sie wollten es einfach laufen lassen, die Gangster sich gegenseitig umbringen lassen. Aber sie wollten auch Juliette und ihre Mutter in dem Haus lassen, sagten, es gäbe nicht genug Beweise dafür, dass sie in Gefahr seien. Ich konnte dieses Risiko nicht eingehen.«

»Also hast du sie mitgenommen. Und du hast ... was? Auftragskiller angeheuert, um gegen die Grunge vorzugehen?«

»Du verstehst das nicht - sie wollten sowieso die Grunge angreifen. Ich habe ihnen nur gesagt, dass ich auch einen Grund hätte, die Grunge tot sehen zu wollen, dass ich sie dafür bezahlen würde, eine Botschaft zu überbringen.«

Eine Botschaft über das Mädchen. Er hatte keine Namen verwendet. Selbst da hatte er es geschafft, ihre Identitäten zu schützen.

»Weiß Adeline, dass du Menschen tötest?«

Er schluckt schwer. »Nochmal, ich habe sie nicht getötet. Alles, was ich getan habe, war ... es nicht zu verhindern.«

Ich schaue zum Haus. »Du musst es ihr sagen. Oder ich werde dafür sorgen, dass sie erfährt, dass du unter falschen Voraussetzungen hier bist. Dass du nicht der bist, für den sie dich hält.« Ich trete näher. »Es sei denn, du hilfst mir. Deine kleine Aktion hat dafür gesorgt, dass meine Jungs geschnappt wurden, und ich brauche dich, um sie wieder rauszuholen.«

Sein Kiefer spannt sich an. »Also du darfst all deine Leute behalten, einschließlich dem, der meine Schwester getötet hat-«

»Und du darfst dein Mädchen behalten.«

Obwohl es sicher nicht so einfach sein wird, und er weiß das bestimmt. Sobald Mack und Rooster von dieser kleinen Vereinbarung erfahren, gibt es keine Möglichkeit, dass Adeline aus der Sache herauskommt und ihn noch für einen guten Kerl hält.

»Verdammt.« Er fährt sich mit der Hand durch die Haare, die am Scheitel dünner werden. »Es sollte nicht so laufen. Rooster, Mack ... keiner von euch sollte verletzt werden. Keiner von euch sollte überhaupt *hier sein*, außer Cue.«

»Was dachtest du denn, was passieren würde? Du hast uns bedroht. Du hast eine Nachricht geschickt, dass du das Mädchen hast.«

»Ich wollte, dass Cue aus seinem Versteck kommt - weg von euch anderen. Um Rooster zu schützen.«

»Du meinst, um deine Identität zu schützen?«, schieße ich zurück.

Er ignoriert das und sagt: »Ich dachte, die Typen, die die Grunge erledigt haben, würden euch meinen Namen sagen - ich habe diesen Idioten absichtlich meinen echten Namen gegeben. Cue hätte ihn erkennen müssen. Ich weiß mit Sicherheit, dass er mehr als einmal an Ursulas Grab war, sich eine Menge Zeit damit verbracht hat, in ihrer Vergangenheit herumzustochern, nachdem sie tot war. Er weiß sicher, wer ich bin, kennt wahrscheinlich die Namen aller in unserer Familie. Ich dachte ehrlich, er würde kommen, um mich zu finden - dass er sich heimlich davonschleichen würde, ohne es euch zu sagen.«

»Warum hast du nicht einfach die Polizei gerufen? Du wusstest, wo er war.«

»Ich hab's versucht, aber es gab keine physischen Beweise - ich weiß nicht wie, aber es stimmt. Ich brauchte ein Geständnis.«

Ich glaube, ich fange an zu verstehen, wo es auseinandergefallen ist. »Aber Cue wusste nicht, dass du jemals mit uns zu tun hattest. Und er war nicht dabei, als wir deinen Auftragskiller verhört haben. Der Typ hat drei verschiedene Namen ausgespuckt, und keiner davon war richtig.«

Sein Gesicht fällt in sich zusammen. »Ich habe nicht bedacht, dass ihr nur mit Bruchstücken von Informationen - oder Fehlinformationen - arbeitet. Ich dachte, eure kleine Gruppe würde... na ja, alles teilen.« Sein vielsagender Blick sagt *sogar ihre Frau.*

»Deshalb warst du allein im Haus. Du dachtest, es wäre nur Cue da.«

Er nickt. »Er hat keine Haftbefehle gegen sich laufen. Kein Grund, warum er nicht fliegen könnte, also dachte ich, er würde in ein Flugzeug springen. Ich wusste, dass Mack das nicht tun konnte.«

Ich trete näher und senke meine Stimme, bereit dafür, dass er mir in den Bauch schießt, obwohl ich nicht glaube, dass er dumm genug ist, mir etwas anzutun. Er geht sicher davon aus, dass die anderen wissen, wo ich bin, und er will nicht, dass Adeline rauskommt und ihn über einer Leiche stehend findet.

»Du hast dich in vielen Dingen geirrt«, sage ich. »Und jetzt steckst du in der Scheiße.« Genau wie wir. »Du wirst Adeline verlieren, wenn sie es herausfindet.«

Er schnaubt. »Ich weiß.«

»Wusstest du, dass Cue sich stellen will?«

Er hebt eine Augenbraue. »Tut er das?«

»Er ist nicht ohne Reue. Er hat kein Wort gesagt, seit es passiert ist.«

Bis letzte Nacht. Aber das muss er nicht wissen.

Er seufzt, aber seine Augen werden weicher. »Das reicht nicht, um meine Schwester zurückzubringen.«

»Ich weiß. Aber es liegt an dir zu entscheiden, ob eine Beziehung zu der Frau, die du liebst, genug ist, um diese Vendetta aufzugeben. Er bestraft sich selbst genug, mehr als jedes Justizsystem es könnte.« Ich senke meine Stimme; uns muss die Zeit davonlaufen. Adeline wird jeden Moment zurückkommen. »Sie weiß offensichtlich nicht, wer du bist. Und ich nehme an, du willst nicht, dass sie es erfährt.«

»Ich will nicht nach dem Schlimmsten beurteilt werden, was ich je getan habe.«

»Cue auch nicht. Und ich will Adeline nicht verletzen. Also können wir vielleicht einen Deal machen.«

Reginald schüttelt den Kopf. »Ich kann nichts für euch tun. Ich arbeite nicht mal mehr für die Polizei.«

»Stimmt schon, aber du musst doch irgendwas tun können. Als Ex-Cop könntest du vielleicht Zugang zu den Gefangenen bekommen, wenn du sagst, du willst sie befragen, oder-«

Er richtet sich plötzlich auf. »Ich kann euch Informationen geben. Aber ich will zuerst mit Cue reden.«

Meine Brust wird eng. »Was für Informationen? Die Art der Hinrichtungsmethode, die am wahrscheinlichsten ist, sobald sie Cue verhaften?«

Die Tür knarrt - Adeline ist zurück. Ich blicke zu ihr rüber, und sie hebt fragend eine Augenbraue.

Seine Stimme ist kaum ein Flüstern. »Ich weiß, wann sie ihre Gefangenen transportieren. Gebt mir einen Tag, und ich kann euch helfen, eure Crew zurückzubekommen.«

KAPITEL 22

BLADE

D as Leben in Untersuchungshaft ist ein langsamer, langweiliger Trott in Richtung Endgültigkeit. Das Aufregendste, was man tun kann, ist vor Gericht zu erscheinen. Die schottische Polizei ist eine merkwürdige Truppe, trocken, aber auf eine verrückte Art, wie animierte Scones, eingewickelt im Papier des öffentlichen Dienstes.

Ich denke, wenn ich schon eine Strafe absitzen muss, würde ich Schottland vorziehen. Ich wurde trotz meiner recht bunten Vergangenheit noch nie verhaftet. Wenn sie wüssten, was ich alles getan habe, würden sie mich wahrscheinlich unter dem Gefängnis einsperren.

Mack schnieft, sein Blick auf die Wand über meiner Schulter gerichtet. Er macht sich keine Sorgen um das Gefängnis. Er sorgt sich um seine Nichte und vielleicht um Roosters Schwester. Wenn ich etwas daran ändern könnte, würde ich es mehr in Betracht ziehen, aber im Moment bin ich machtlos. Wir sind Klumpen auf einer Bank, am Boden eines Gefängnistransporters angekettet, auf dem Weg zu der Einrichtung, in der sie uns bis zur Anklageverlesung festhalten wollen. Und er hat mehr Sorgen als ich. Er ist im System ... glaube ich.

Ich war immer zu vorsichtig, um erwischt zu werden.

Ryder ist auch nicht im System, aber sein Gesicht ist ebenfalls angespannt, sein Ausdruck düster und wütend. Aber ich kann von seiner Position auf der Bank neben mir nicht genau erkennen, wohin er schaut. Beim zweiten Blick ist es vielleicht Traurigkeit, die in seinen Zügen geschrieben steht. Ich nehme an, das ist zu erwarten, wenn man sich an einem Ort befindet, der darauf ausgelegt ist, einem die Hoffnung direkt aus dem Leib zu saugen.

»Hey, Kumpel, wann sind wir da?«, rufe ich.

Die Beamten hinter dem Metallgitter haben nicht viel mit uns gesprochen, seit wir losgefahren sind, aber ab und zu reichen sie eine Tüte mit Snacks auf dem Vordersitz hin und her. Es riecht hefig.

»Nicht mehr lang. Halt die Klappe.«

Ich grinse. Ich liebe es, diesen Arschlöchern zuzuhören. Ich wende mich Mack zu. »Er klingt wie-«

»Sag seinen Namen nicht«, fährt Mack dazwischen.

»Ich wollte sagen ›dieser Schwanz‹.«

Mack schnaubt, aber er lächelt nicht. Schwieriges Publikum. Ich lehne meinen Kopf gegen die Wand des Fahrzeugs. Sie haben nicht genug Gefangene, um in Schottland einen Bus zu benutzen, aber höhle einen Kastenwagen aus, stelle ein paar Bänke gegenüber hinein, und - *Bäm!* - schon hast du einen Gefängnistransporter. Es ist niemand sonst hier außer unserer Gruppe.

Es muss seltsam sein, an einem Ort mit so wenig Krimi-
nalität zu leben. Ich weiß nicht, was ich mit mir
anfangen würde.

Ich denke, es wäre schön, es mal zu versuchen. Vielleicht ein kleines Haus irgendwo kaufen, einen Hund
anschaffen, oder-

Ein Geräusch wie Donner dröhnt durch meine
Trommelfelle, und ich pralle gegen die Seite des Vans.
Der Fahrer lenkt scharf nach rechts und flucht in einer
Sprache, die ich nicht erkenne, aber alles mit einem
starken schottischen Akzent.

Der andere Wachmann schreit auf Englisch -
»Scheiße, Scheiße, Scheiße!« -, aber keiner von uns hat
Zeit, sich zu bewegen, bevor der Van kippt.

Ich liege auf dem Rücken. Mack fliegt auf Ryder
und mich zu, aber die Handschellen halten ihn zurück
und halten ihn zusammen mit dem Gurt, der um seine
Hüften geschlossen ist, auf dieser Seite des Vans fest.

Glas zerspringt in spinnenartigen Mustern, das
Geräusch ein mahlendes *Tschhht*, das sich mit dem
Kreischen des Kieses an der Seitentür des Vans
vermischt.

Es ist in Sekunden vorbei, der Motor zischt, jemand
stöhnt - das könnte ich sein. Ich glaube, ich habe mir
die Schulter ausgekugelt; sie ist heiß mit einem schar-
fen, stechenden Schmerz, den ich bis in die Wurzeln
meiner Zähne spüre. Aber die Gurte und Ketten haben
uns niedere Gefangene bemerkenswert nahe an
unseren Ausgangspositionen gehalten. Wir sind zumindest alle bei Bewusstsein. Ich drehe mich zum Metallgitter. Der Fahrer ist nicht bei Bewusstsein; sein Kopf

blutet stark, seine Augen sind in seinen Schädel zurück-
gerollt.

Wo ist der andere Wachmann?

Aber ich habe keine Zeit, darüber nachzudenken.
Die Hintertür fliegt auf, und ich mache mich bereit, in
die Augen des zweiten Beamten zu blicken, aber die
Person auf der anderen Seite der Tür ist nicht bedroh-
lich, zumindest nicht für uns.

Ihr lockiges Haar fliegt im Wind, ihre Augen sind
hektisch unter der Skimaske, aber allein ihre Anwesenheit lässt mich lächeln - ein Gefängnisausbruch?
Verdammt, Mädchen. Sie springt in den Van, Rooster
auf ihren Fersen, beide tragen Werkzeuge: Bolzenschneider.

Außerhalb der Hintertür kann ich den Beamten
sehen, seine Hände auf dem Kopf, ein anderer Mann
mit einer Handfeuerwaffe auf ihn gerichtet. Der Beamte
hatte eine Waffe, als wir losfuhren, ich sah sie in seinem
Gürtel, aber wahrscheinlich ermöglichte die Verwirrung
des Unfalls unseren Leuten, die Oberhand zu gewinnen.
Ein bisschen schade, schätze ich. Niemand will auf
einen animierten Scone schießen.

»Es tut mir wirklich leid«, sagt der Mann, der den
Polizisten bewacht.

Die Stimme klingt vertraut, definitiv amerikanisch,
aber er ist nicht einer von uns - groß und dünn, mit
einer Clownsmaske, wie man sie bei einer Kinderparty
in der Hölle tragen würde. Wer zum Teufel ist das?

Das dumpfe Klicken der Bolzenschneider reißt mich
aus meinen Gedanken, und das Nachlassen des Drucks
von den Ketten ist es, was mich schließlich auf die Beine

bringt. Es ist schwierig, sich in dem gekippten Van zu bewegen, und meine Hände sind immer noch zusammengebunden, aber wir werden genug Zeit haben, die loszuwerden, sobald wir hier rauskommen. Mack und Ryder stehen bereits auf der Straße außerhalb des Vans. Ich springe hinunter und renne, sobald meine Füße den Boden berühren.

Das Auto ist auf der gegenüberliegenden Straßenseite geparkt, ein kleiner schwarzer Irgendwas, in dem wir wahrscheinlich zu zweit sitzen müssen. Ich blicke zurück und sehe gerade noch, wie der große Clown zum Van gestikuliert - er wird den Wachmann dort einsperren, während wir fliehen. Ordentlich. Ich hätte vielleicht eine Klinge benutzt, aber jedem das Seine. Hauptsache, es funktioniert.

Aber Kite wirkt nicht erleichtert. Sie kommt mitten auf der Straße zum Stehen, Staub wirbelt um ihre Fersen auf. »Wo ist er, Rooster?«

Rooster blickt in ihre Richtung und schüttelt den Kopf - er ist fast beim Auto. »Komm schon, Mädchen«, ruft er.

»Was zum Teufel soll das heißen? Cue war vor drei Sekunden noch hier; er war derjenige, der-«

»Wir müssen los.«

Ah, Cue war derjenige, der das Ablenkungsmanöver erschaffen hat, das explodierte und uns auf zwei Räder kippte. Der Typ ist ein Ingenieurgenie. Vielleicht wartet er in den Bäumen darauf, dass wir ihn abholen?

Dem Blick in ihren Augen nach zu urteilen, glaubt sie nicht, dass das der Fall ist. Ich kann ihre Wangen nicht sehen, aber ich sehe die Tränen, die sich ansammeln, als ich näher komme, und in den schwarzen Stoff der Skimaske einsickern. Ich habe sie noch nie weinen sehen, und es zerrt an meiner Brust an tiefen, hohlen Stellen, die ich selten besuche.

»Wo ist er?«, flüstert sie.

Aber sie spricht offensichtlich mit sich selbst. Es gibt niemanden, der ihr die Antwort geben kann, die sie hören möchte.

Roosters Gesicht ist verzweifelt. Aber ich bin näher dran. Ich renne zu ihr, werfe sie über meine Schulter und rase zum Van. Sie wehrt sich nicht.

Ich glaube, sie weiß bereits, dass er weg ist. Es ist nur so, dass ihre Hoffnung die Realität noch nicht eingeholt hat.

KAPITEL 23

ISABELLE

M ack streckt seinen Kopf unter der Bettdecke hervor. »Wirst du Cue unsere Liebe überbringen?« Dann senkt er sein Gesicht zu meiner Brust und leckt mit seiner Zunge über meine Brustwarze.

Ich lache. »Bring mich nicht auf Touren, bevor ich ins Gefängnis muss«, sage ich. »Wer weiß, was für zwielichtige Gestalten ich sonst mit nach Hause bringe?«

»Viel Glück dabei, die da rauszubekommen.« Macks Atem macht mich wahnsinnig. Er fährt mit seinen Fingern zwischen meine Beine und drückt seinen Daumen gegen meine Öffnung - die schon feucht ist. »Außerdem liebt Cue es, wenn du ganz heiß und glitschig ankommst.«

Ich lächle. Ein Jahr - *ein Jahr*, und Cue wird wieder bei uns zu Hause sein.

Blade und Mack sind gesuchte Männer; das werden sie wahrscheinlich immer bleiben. Aber wir können einen Weg finden, sie versteckt zu halten. Wir waren noch nie wirklich auf der legalen Seite, und es würde sich vielleicht seltsam anfühlen, wenn wir es plötzlich wären. Unser teurer Anwalt durchforstet gerade all die Dinge, wegen derer wir gesucht werden könnten, aber die Zeit wird zeigen, ob er in der Lage ist, die Anklagen so zu entwirren, dass es für uns günstig wäre - ob er uns alle freisprechen kann. Wenn nicht, hat Ryder die Idee, dass er ihre Fingerabdrücke chemisch verändern kann. Plastische Chirurgie könnte in ihrer Zukunft liegen. Aber wir sollten okay sein. Wir werden es hinkriegen.

Was Cue betrifft, haben wir ihm den besten Anwalt besorgt, den wir uns leisten konnten, einen echten Hai von einem Verteidiger - ich glaube, der könnte einem Eis am Stiel das Eis abschwatzen. Der Typ dachte tatsächlich, er könnte Cue komplett freisprechen lassen, aber Cue hatte abgelehnt. Er legte ein Geständnis ab. Er sagte, es sei der einzige Weg, um weiterzumachen, obwohl ich nicht sicher bin, ob selbst das seiner Seele Linderung verschaffen wird. Zumindest ist der Vergleich, den unser sündhaft teurer Anwalt aushandeln konnte, ziemlich süß. Klar, wenn Cue drinnen Mist baut, muss er vielleicht die ganze Strafe absitzen, aber eine vorzeitige Entlassung bei guter Führung steht in einem Jahr zur Debatte.

Mack taucht wieder unter die Decke und hinterlässt eine Spur von Küssen über meinen Bauch bis zum Scheitel meiner Schenkel. »Bist du bereit?« Sein Atem ist heiß gegen meine Muschi.

»Sprichst du mit meiner Vagina?«

Er schiebt einen Finger in mich hinein. »Oh, sie ist bereit.«

»Aye, da bin ich mir sicher, du großer Arsch«, sagt Rooster und marschiert durch die Tür. Er springt neben mir aufs Bett, sodass Mack durchgeschüttelt wird. »Aber heute geht es um unseren gefallenen Bruder.«

»Du könntest ihm ein Messer mitbringen«, sagt Mack. Er fährt mit den Fingern an meinen Schamlippen entlang. »Du hast da unten etwas Platz, und wenn nicht, kann ich dir beim Dehnen helfen.«

»Ich glaube nicht, dass das helfen wird.«

»Du könntest ihm einen Schlüssel mitbringen«, sagt er und tastet meine Öffnung ab.

»Halt die Klappe!« Ich trete nach ihm und setze mich auf.

Rooster lächelt mich an und stützt sich auf seinen Ellbogen.

»Kein Platz da drin für irgendetwas außer Cue, eh, Mädel?«

Sie machen jedes Mal Witze darüber. Ich kann es auch kaum erwarten, bis Cue wieder zu Hause ist, aber in der Zwischenzeit bekommt er eheliche Besuche. Es hat etwas vage Erotisches, an den Wärtern vorbeizugehen, wenn man wieder rausgeht, mit zerzausten Haaren und der Haut, die noch vor Erregung kribbelt, und zu wissen, dass jeder, den man sieht, genau weiß, dass man gerade gevögelt wurde.

Rooster beugt sich rüber und küsst meinen Arm. Er ist in letzter Zeit extra entspannt, was Sinn ergibt. Wir sind frei vom Grunge, von unseren Verbindungen aus der Vergangenheit. Wir haben Liebe und ein Haus und eine Familie. Sogar Juliette und Adeline sind jetzt in den Staaten; sie mieten vorerst ein Haus drei Türen weiter.

Adeline hat Ronnie den Laufpass gegeben, als sie herausfand, was er getan hatte.

Ich glaube immer noch, dass es eine Chance auf Versöhnung gibt. Nennt mich eine hoffnungslose Romantikerin. Es ist verrückt, was diese Männer aus mir gemacht haben.

Noch verrückter ist, dass ich dabei bin, ein langfristiges Zuhause aufzubauen - mein erstes. Wir alle sondieren neue Standorte für die Zeit, wenn wir nicht mehr ans Gefängnis gebunden sind, aber wir müssen es vielleicht selbst bauen, um all unsere Bedürfnisse zu erfüllen.

Ich hätte gerne eine Scheune, in der ich Tiere aufziehen und vielleicht einige tierärztliche Dienste anbieten kann. Das passt gut zu Roosters Vision; er möchte viel Land, auf dem er nach Herzenslust anbauen kann, und ein angrenzendes Gewächshaus für die anspruchsvolleren Pflanzen.

Ryder will ein Labor. Ich habe keine Ahnung, was er dort erschaffen will, aber man kann einem verrückten Wissenschaftler keinen Arbeitsplatz verweigern.

Mack wünschte sich ein Kunstatelier. Malerei, Ton, alles Mögliche.

Was Blade betrifft... nun, ich denke, Blade wäre mit allem glücklich, solange er es dekorieren darf.

Cue will einfach nur zu Hause sein. Er sagte - in Worten, wohlgemerkt -, dass er bereit ist, die Scherben seines Lebens und seines Herzens aufzusammeln und sie wieder zusammenzufügen. Vielleicht liegt Poesie in seiner Zukunft.

Rooster beobachtet mich immer noch. Er grinst.

Mack knabbert an meinem Oberschenkel und richtet sich dann auf, ein Geist unter dem Laken.

Ich bin mir nicht sicher, wie die nächste Phase unseres Lebens aussehen wird. Aber ich bin glücklich, dass wir sie gemeinsam erleben können.

Mochtest du die sexy Biker in *Von Gesetzlosen Anspruch genommen*? Bist du ein Fan von Macks Statur, dem Biker-Alpha-Vibe und der Tatsache, dass sie alle von einer einzigen Frau besessen sind? Dann wirst du *Angelockt*, den ersten Roman der *Geboren Bösartig* Serie, lieben. Alle Biker-Liebe, mit einem kleinen Unterschied: Dawns Harem ist unsterblich.

Falls rücksichtslose Milliardäre eher dein Stil sind, probiere *Bargain with the Billionaire*, Buch eins der *Steinreiche Junggesellen* Serie. Diese Serie ist voller Leidenschaft, aber kein Reverse Harem, und alle Romane aus der *Steinreiche Junggesellen* Welt können unabhängig voneinander gelesen werden.

**Möchtest du mit R. B. in Kontakt treten?
https://rbfields.com**

Angelockt **ist das 1. Buch in der Geboren aus der Finsternis Reihe. Why choose? Finde *Angelockt* Hier: https://rbfields.com**

ANGELOCKT
KAPITEL 1

DAWN MACEWAN

Meine Mutter hat mir immer wieder eingeredet, dass ich für die Dunkelheit geboren worden wäre; was für ein Quatsch.

Aber sie zieht mich an. Es ist schon eigenartig, wie sie mich in manchen Nächten aus dem Schlaf reißt, wie Schatten, die wie Öl durch meine Adern fließen und aus den verborgenen Orten in mir hervorbrechen, die niemand sonst je zu Gesicht bekommt. Dawn, die Morgenröte, ist ein seltsamer Name für eine Frau, die so sehr in der Dunkelheit versunken ist, aber ich vermute, meine Mom hat versucht, gegen das anzukämpfen, was sie bereits gewusst hatte – dass ich nicht wie sie bin.

Eigentlich bin ich ganz anders als die meisten Leute.

Ich laufe dahin, und das Aufschlagen meiner schwarzen Stiefel auf dem gesplitterten Holz der Uferpromenade hört sich an wie das Geräusch eines aufgebrachten Ochsenfrosches. Die schmale Lichterkette, die man über der Promenade angebracht hat, schaukelt hin und her und die Schatten huschen durcheinander, eine Million Geister, die versuchen, Halt zu finden, bevor die Brise das Licht vertreibt und die geisterhaften Schatten im Wasser unter sich verschwinden lässt. Ich schätze, ich habe schon immer eine lebhafte Fantasie gehabt. Vielleicht hätte ich Schriftstellerin, Bühnenautorin oder Musikerin werden sollen, eine besonders einfallsreiche Person, die ihre Tage mit fantasievollen Beschäftigungen zubringt, die das Leben und Blumen und Welpen liebt – nicht, dass ich keine Welpen lieben würde. Was für ein Monster würde diese kuscheligen Biester nicht anbeten? Ich bin schließlich auch nur ein Mensch. Aber die Monster …

Die erkenne ich, sobald ich sie sehe.

Ich bin seit zehn Jahren Krankenpflegerin und werde mich wohl nie an die vielen Verletzungen und den damit verbundenen Kummer gewöhnen. Und egal, wie schnell ich meine Patienten auch zusammenflicke, es gibt immer noch ein Arschloch, das darauf aus ist, die Leute fertigzumachen, denen ich helfen möchte, sei es eine Frau, die von ihrem Liebhaber zusammengeschlagen wird, oder ein Kind, das von seinen Eltern missbraucht wird, oder ein Mann, der von irgendeinem

Vollidioten gegen einen Baum gefahren wird. Ich bin beileibe nicht vollkommen; ich bin bloß eine Pille davon entfernt, direkt in die Hölle zu schlittern. Eigentlich habe ich immer angenommen, dass die Drogen mir ein wenig Erleichterung verschaffen würden, aber dieses Gefühl hält nie an.

Dieses Hochgefühl jedoch schon, zumindest für eine kurze Zeit. Ich bin mir ziemlich sicher, dass es nicht das war, was meine Mutter für mich wollte, als sie mich alleine großgezogen hat – wie sehr hat sie sich bemüht, mich von Monstern fernzuhalten.

Und jetzt laufe ich direkt auf sie zu.

Dieser Brückenabschnitt war das Jagdgebiet von jemandem, der noch heimtückischer ist als die Schlägertypen, die im Krankenhaus auftauchen, um ihre Frauen zu küssen, nachdem sie sie zuvor vermöbelt haben. Man glaubt, dass es sich um einen Serienmörder handelt, der Frauen erdrosselt und von der Brücke wirft – drei sind bereits ans Ufer gespült worden, mit den gleichen feinen Blutergüssen um den Hals, mit aufgerissenen Oberkörpern und Bäuchen, fehlenden Organen und zerfetzten Gedärmen. Der Kerl, hinter dem ich her bin, ist aber wahrscheinlich nur für das Erwürgen verantwortlich. Der Rest geht vermutlich auf das Konto irgendeines Tieres, das unter der Brücke lauert und die Reste, die der Mörder hinunterwirft, verschlingt – eine Art symbiotische Beziehung zwischen Mörder und Wildnis. Ich kann die Stimme des Nachrichtensprechers immer noch in meinem Kopf hören: *Die Polizei bezeichnet die Breakwater Bridge als gefährlich und hat eine Ausgangssperre verhängt –*

nach sieben Uhr abends darf die Brücke nicht mehr betreten werden.

Aber nicht alle können die Brücke meiden, was bedeutet, dass es noch mehr Opfer geben wird, wenn ich ihm nicht Einhalt gebiete. Die Polizei in diesem winzigen Städtchen in Maine kann unmöglich an der gesamten Promenade patrouillieren – das würde die ganze Nacht dauern, und es sind lediglich zwei Polizisten im Dienst, von denen mindestens einer vor der einzigen Bar der Stadt stationiert sein muss: Clarence Church verprügelt dort um elf Uhr, am Wochenende um neun, regelmäßig irgendjemanden. Und wenn man auf der Halbinsel arbeitet, führt auch kein anderer vernünftiger Weg nach Hause. An einem verkehrsreichen Wochenende braucht man mit dem Auto eine dreiviertel Stunde, um die verstopfte zweispurige Straße am Wasser entlang zu fahren – die Halbinsel, die von den Kindern auch „Penis" genannt wird, ragt so weit hinaus, dass eine Brücke entlang der felsigen Küste der schnellste Weg zurück in die Zivilisation ist, und der lange Strandabschnitt unter der Brücke ist voller grauer Steine, die an einem schönen Tag schon tückisch sind, aber im Dunkeln richtiggehend bösartig. Jeder, der versucht, eine Abkürzung unter der Brücke zu nehmen, würde wahrscheinlich in der Brandung sein feuchtes Grab finden.

Aber es ist Dienstag, heute arbeitet niemand. Das Riesenrad auf dem Pier ist dunkel, nur noch ein skelettartiger Umriss, den ich ohne den silbernen Mond nicht hätte erkennen können. Um diese Zeit ist er auf der Jagd, das spüre ich in meinen Knochen, aber eigentlich ist das auch naheliegend – immerhin ist er noch nicht geschnappt worden, was bedeutet, dass er auf keinen Fall dann jagt, wenn gerade viel los ist.

Das Meer rauscht, salzig und kalt – beinahe kann ich das Eis in der herbstlichen Flut hören. Ich kann auch die Felsen hören, wie sich die Wellen unbekümmert gegen ihre scharfkantige Oberfläche stürzen, bereit, für einen Augenblick der Freiheit, für einen einzigen Hauch von frischer Luft auseinandergerissen zu werden. Wie ich, denke ich. Es ist schon aufregend, einem durchgeknallten Mörder nachzujagen. Bisher habe ich drei Mörder erwischt, aber jeder von ihnen hätte mich auch umbringen können. Jeder von ihnen hätte mich entdecken können. Ich bin mir nicht sicher, warum ich noch nicht aufgespürt worden bin, aber meine Mom hat immer behauptet, ich wäre gerissen, und das stimmt wahrscheinlich auch, angesichts meiner derzeitigen Errungenschaften.

Aber auf dieser langen Brücke kann ich mich nirgendwo verstecken, nicht einmal eine Mülltonne kann meine Anwesenheit verbergen, und nur das Rauschen der Brandung übertönt meine Schritte. Es ist ganz ruhig – gut. Seit meine Mutter gestorben ist, mag ich die Stille. Wahrscheinlich hat es etwas damit zu tun, dass ich gehört habe, wie sie in Stücke gerissen worden ist – Serienmörder, nicht wahr? Da ist es keine Überraschung, dass ich es mir zur Lebensaufgabe gemacht habe, diese Arschlöcher aus dem Verkehr zu ziehen. Was ich gesehen habe, würde ich meinem ärgsten Feind nicht wünschen, außer vielleicht Marcy Miller, die der ganzen dritten Klasse meine Unterhosen gezeigt hat. Diese Schlampe hätte das verdient.

Ich halte in der Mitte der Brücke inne und lausche dem Gesang des Meeres und dem Pfeifen des rauschenden Windes, der von den Gezeiten umhergetrieben wird. Sekunden vergehen. Minuten. Bitterer Wind beißt mir in die Nase. Das Riesenrad verschwindet, als die Wolken den Mond verdunkeln, und leuchtet dann wieder auf. Eine Taube gurrt mich vom Geländer aus an, mit leuchtend roten Augen – sie beobachtet mich. Die Haut zwischen meinen Schultern kribbelt. Der Vogel flattert in die Nacht hinaus, als ob er meine Anspannung gespürt hätte und ihr entkommen wollte.

Und dann höre ich ihn – Schritte.

Tapp, tapp, tapp.

Sie hören sich an wie ein Herzschlag, und mein Puls folgt jeder pochenden Bewegung seiner Schuhe – eher ein sechster Sinn, der darauf zurückzuführen ist, dass ich auf mich selbst aufpassen muss. Vom Krankenhaus bis hin zu meiner Mutter weiß ich, wie viele miese Schauspieler es gibt; sogar mein eigener Vater scheint ein echter Mistkerl zu sein. Ich frage mich manchmal, ob mein Dad meine Mom vergewaltigt hat – ob das mein wahres Erbe ist. Aber ich habe sie nie danach gefragt. Und ich kann sie ganz sicher auch jetzt nicht fragen.

Und dann … nichts. Mein Herz hält inne. Die Stille seufzt durch meine Adern, zäh und schwer. Und dann ist das Pochen wieder da. Das Klacken der Schuhe des Mannes kommt näher – ist er es? Der Boardwalk Butcher? Das weiß ich nicht so genau, noch nicht, aber ich lege meine Fingerspitzen an meine Hüfte, wo ich das Messer meiner Mutter verwahre. Das Leder ist kühl und feucht und hat sich noch nie so sehr wie Haut angefühlt. Die Klinge und die eingravierten Symbole an den Seiten sind jedoch heiß – das sind sie immer, denn in dem Augenblick, in dem ich danach greife, pumpt mein Adrenalin bereits wie verrückt durch mein Blut.

Das dumpfe Klopfen von Leder auf Holz ertönt wieder, lauter, feuchter – *platsch, platsch, platsch.* Ich drücke den Schnappverschluss und lege die Klinge aus der Scheide. Mit einem Messer habe ich mich schon immer wohler gefühlt als mit einer Pistole. Dadurch bin ich beweglicher als die meisten der Arschlöcher, die ich erwische. Der Kampfsport hat mich zu einer besseren Kämpferin gemacht als, sagen wir, ein Arschloch, das einen Draht braucht, um eine Frau auf einer Brücke zu erdrosseln.

Ich stoße mich vom Geländer ab und wende mich vom Geräusch seiner Füße ab – noch zu weit weg, um gefährlich zu sein. Sobald er anfängt zu rennen, tue ich das auch. Ich bin verdammt schnell.

Aber ich gehe nur ein paar Schritte, bevor mir das Herz in die Kehle springt. Der Mann hinter mir ist nicht der einzige auf der Brücke. In der Ferne nähert sich ein weiterer. Es gibt für niemanden einen Grund, hier draußen zu sein, nicht in diesem Augenblick. Trotz seiner breitschultrigen Gestalt und den Stiefeln an seinen Füßen habe ich seine Schritte nicht gehört, die sich über die wackelige Brücke genähert haben. Ein dunkler Kapuzenpulli verdeckt den Großteil seines Gesichts, aber ich kann sein markantes Kinn erkennen;

die verblichenen Jeans sitzen locker auf seinen Hüften. Er hebt den Kopf und sein Blick trifft den meinen, seine Augen leuchten violett im silbernen Mondlicht.

Da beschleunigen sich die Schritte hinter mir.

Und der Mann vor mir lächelt.

Zwei. Es sind zwei von ihnen hier draußen in einer Nacht, in der sich eigentlich niemand auf dieser Brücke aufhalten sollte. Sind es zwei Killer, ein verrücktes Duo? Daran hat die Polizei nicht gedacht und ich auch nicht. *Scheiße.* So sollte es eigentlich nicht laufen.

Ich befreie das Messer aus seinem Holster und drücke es an meinen Bauch, bereit, es zu zücken, wenn es sein muss – der Fremde vor mir kommt immer näher, und hinter mir hört man die Schritte, die immer weiter dröhnen, *stampf, stampf, stampf*. Ich erhöhe meine Geschwindigkeit, mit Muskeln wie Stahl und zusammengekniffenen Augen, aber als ich blinzle …

Hm. Ich kneife die Augen zusammen und mustere die Uferpromenade, aber ich sehe nur die vom Mond beschienenen Bretter, das Geländer auf beiden Seiten und den schwarzen Horizont des Parkplatzes in der Ferne. Der Kerl vor mir ist verschwunden. Aber es gibt hier keinen Ausweg, es sei denn, er hat sich über das Geländer gestürzt. Ich muss fast lachen – natürlich hätte mein Gehirn einen gut aussehenden Fremden auf einer langen, einsamen Brücke erfunden. Schließlich sind genau solche Situationen wie gemacht für die sprich-wörtliche „Jungfrau in Nöten", und ich habe seit Monaten keinen Sex mehr gehabt.

Ich höre auf die Schritte hinter mir – sie kommen

näher. Näher. Wer braucht schon Sex, wenn man einen Killer zur Strecke bringen kann?

Zackzackzack, jetzt immer schneller, noch weit genug zurück, dass ich noch nicht in Gefahr bin, aber die Zeit drängt. Ich rase dahin. Der Parkplatz scheint so weit weg zu sein, aber ich besitze die nötige Ausdauer. Ich umklammere das Messer in einer Hand und schalte mit der anderen mein Handy ein. 9 … 1 …

Der Schmerz kommt aus dem Nichts, ein grelles Aufblitzen von Höllenqualen wie ein weißglühender Schürhaken, der sich in mein Gehirn bohrt. Ich erinnere mich nicht daran, dass ich gefallen bin, aber ich finde mich auf den Knien wieder, das Holz drückt gegen meine Schienbeine, mein Kopf ist eine schmerzende, pochende Kugel aus Licht. Nein, das kann doch nicht sein. Er war so weit hinten, wie hat er da nur so schnell herkommen können?

Es ist unmöglich, aber nicht zu leugnen – ich liege auf dem Boden, mein Kopf schmerzt, wo er mir irgendwas in den Schädel gerammt hat.

Und er ist über mir.

Ich kann ihn riechen, einen altvertrauten Moschusgeruch, der sich mit dem metallischen Hauch der Angst vermischt. Ein Schwindelgefühl zerrt an mir und versucht, mich zu Boden zu ziehen – meine Ohren dröhnen. Und das Handy … Das sehe ich, das Display blinkt drei Meter weiter die Promenade entlang in den Himmel. Ich stelle mir vor, wie ich gegen die Felsen geschleudert werden könnte, während mein dunkles Haar das Blut verdeckt. Die dünne lila Linie um meinen Hals. Mein Herz, das mir aus der Brust gerissen wird.

Ich blinzle und versuche, meinen Blick zu schärfen, aber meine Augen verweigern den Dienst; ich kann nur hören. Sein Atem gleicht dem Knurren eines Monsters, aber ich kann nicht genau sagen, wo er sich befindet. Es ist, als käme sein Atem von überall und nirgends gleichzeitig und wirbelt in einem hasserfüllten Tornado um mich herum. Eigentlich sollte es nur ein zischendes Flüstern sein, das sich kaum vom Rauschen der Brandung abhebt, aber ich schwöre, es scheint, als würde er mich anschreien – ich höre auch das Blut in seinen Adern, das Zischen jedes einzelnen Luftzugs in seiner Lunge. Ich höre, wie verzweifelt er mich umbringen möchte. Seltsamerweise macht mir das aber keine Angst – der Tod. Ich hasse mein Leben nicht, ganz und gar nicht, aber es hat sich einfach nie wie … nun ja, genug angefühlt.

Tut mir leid, Mom, ich weiß, dass du dir mehr für mich gewünscht hast als das hier. Ich werde mich noch früh genug persönlich bei ihr entschuldigen. Nun, nicht persönlich, denke ich. Als … Geist? Dabei glaube ich gar nicht an Geister.

Ich glaube aber an das Böse. Meine Wirbelsäule wird ganz starr.

Ich verrecke jedenfalls bestimmt nicht auf dieser verdammten Brücke.

Ich blinzle, der verschwommene Schleier löst sich aus meinen Augenwinkeln und ich stürze mich nach vorne, rase die Promenade hoch, das Messer immer noch fest gegen meine Rippen gepresst – wenn ich es bis zu meinem Handy schaffe, kann ich vielleicht die Polizei verständigen. Ich bin mir nicht sicher, welche andere Wahl ich habe. Wenn ich über das Geländer klettere, gehe ich auf den Felsen darunter genauso sicher drauf wie hier, aber wenigstens gebe ich diesem Mistkerl nicht die Genugtuung, mich zu erledigen.

Splitter bohren sich in meine Kniescheiben. Das Handy liegt schwer in meiner Hand. Sein Atem … Ist er weg? Ich kann nichts mehr erkennen. Die Welt jenseits des Handys ist dunkel und voller Schatten, und … ich höre ihn nicht. Ich höre nur den Wind und den Puls der Angst in meinem Kopf. Meine Finger zittern, als ich auf die Tasten tippe: *9 … 1 … 1, Anrufen …*

Das Handy rutscht fort, als er meinen Arm kurz unterhalb der Schulter packt und ihn herumreißt. Ich knirsche mit den Zähnen, um nicht zu schreien – *denn er kann mich mal* – und nutze seinen festen Stand, um mich gegen seinen Arm zu stemmen, während ich mich herumdrehe, meine Faust hochreiße und ihm den Schaft des Messers in die Eier ramme. Normalerweise zwingt ein Schlag in die Eier einen Kerl in die Knie, aber er scheint nichts davon zu spüren; sein Griff lässt nicht nach. Seine Nägel sind wie stählerne Stacheln auf meinem Bizeps, scharf – zu scharf – und zerreißen meine Haut.

Aber ich schreie nicht. Diesen Triumph gönne ich ihm nicht.

Mir ist einfach wahnsinnig schwindelig.

Für einen Herzschlag lasse ich nach, lange genug, damit er sich nach rechts bewegen kann. Er steht jetzt in meinem Rücken, eine Hand auf meinem Arm, seine Schuhe hinter meinen Hüften. Ich verkrampfe meine Finger um die Klinge. *Eins.* Ich atme tief und entschlossen. *Zwei.* Ich spanne meine Muskeln an, bereite mich vor.

Jetzt.

Ich stoße das Messer nach hinten in seinen Oberschenkel und spüre, wie sich die Klinge in sein Fleisch bohrt. Ich weiß, dass ich ihn dieses Mal verletzt habe; seine Hand gleitet von meiner verletzten Schulter ab. Ich stoße mich ab und kämpfe mich die Uferpromenade hoch. Doch ich kann das Ende nicht mehr sehen. Es ist weit entfernt – viel zu weit.

Er brüllt auf wie ein Tier, ein tiefes Grollen dringt aus seiner Brust, aber er hält nicht inne. Er stürzt sich auf mich, taumelt und schleift sein verletztes Bein nach. Das Messer löst sich aus seinem Bein und fällt klappernd auf das Holz. Ich stoße meinen Ellbogen in seine Richtung und schlage mit der anderen Faust zu, die seine Hüfte trifft, aber auch das bringt ihn nicht aus der Ruhe – es ist, als würde ich auf Stein einschlagen. Und ich kann ihn verdammt noch mal nicht sehen; sein Gesicht ist unter seiner Kapuze verborgen. Aber ich kann ihn hören. Sein Atem geht rasend schnell, als hätte er Murmeln in den Lungen, als würde er sterben, aber ich weiß, dass das zu viel des Guten wäre. Jede Stunde Kampfsport, jeder Tag Training, alles war umsonst. Die Welt gerät ins Wanken, ein kaleidoskopartiges Muster aus den Planken der Strandpromenade und dem weit entfernten Riesenrad, dem schummrigen gelben Schimmer eines Leuchtturms, der seine besten Tage schon längst hinter sich hat.

Da spüre ich das Metall an meiner Kehle.

Die Welt erstarrt. Ich blicke in den Himmel, diese

Decke aus Sternen. Der Killer hinter mir zieht den Draht fester. Hitze ergießt sich über mein Gesicht, während das Blut in meinen Adern gefriert. Die Dunkelheit verdunkelt die Ränder meiner Sicht. Ich wehre mich gegen ihn, aber bei jeder Bewegung wird die Schlinge um meine Kehle fester. Die Welt ist in Dunkelheit gehüllt – ich kann nicht mal meine eigenen Knie sehen.

Und plötzlich ist der Druck verschwunden, das Rauschen der Brandung ist verstummt und ich höre nur noch einen entsetzlichen Schrei, wie der von tausend Dämonen – oder wie ich mir vorstelle, dass sich tausend Dämonen anhören könnten. Sterbe ich etwa? Fühlt sich Sterben so an? Aber nein, der Schmerz ist immer noch da: dieser schreckliche Schmerz in meinem Hinterkopf, der stechende Schmerz in meinem zerfetzten Arm, das Brennen in meiner Lunge, aber die Luft … Sie strömt in meine Brust und ich kann meine Hände sehen, das Holz darunter, das Blut, wo früher einer meiner Fingernägel gewesen ist.

Plötzlich hört das Schreien auf. Die Brandung tost. Und da ist noch ein anderes Geräusch, ein feuchtes, reißendes Geräusch, und dieses Geräusch … Das kenne ich. Ich sehe meine Mutter auf dem Boden, höre das Monster über ihr. Aber das war nur ein Traum.

Das hier ist echt.

Ich zwinge mich auf die Knie und drehe schließlich meinen Kopf herum. Ein scharfer Schmerz durchzuckt meinen Hals – das Schwindelgefühl zerrt erneut an mir. Aber durch den Nebel meiner verschwommenen Sicht kann ich die Gestalt eines Mannes erkennen … Nein.

Zwei Männer, einer auf dem Boden, der andere über ihm kauernd. Ein schwergewichtiger Mann mit zerzaustem blondem Haar liegt auf der Promenade. Seine schwarze Kapuze ist von seinem Kopf gezogen, ein Draht ist um seine Finger geschlungen. Der Draht, der mich hätte umbringen sollen. Dieser Kerl kommt mir so bekannt vor – wo habe ich ihn schon mal gesehen?

Bilde ich mir das nur ein? Ich erschaudere, als ich in seine Augen blicke, aber er sieht mich nicht an – er blickt einfach durch mich hindurch. Tot, er ist tot, dieses Arschloch.

Aber der Mann über ihm …

Der Mann auf der Promenade – der ist echt, der ist auch echt – beugt sich über den Mörder, die kräftigen, sehnigen Muskeln seiner Schultern spannen sich unter dem Stoff seines Sweatshirts, sein Gesicht ist hinter der Masse seiner Schultern verborgen. Er beugt sich nach unten, und der Arm des Mörders zuckt ebenfalls und … Was macht er da bloß? Führt er an ihm eine Wiederbelebung durch? *Du kannst ihm doch jetzt nicht helfen, dieses Arschloch verdient es zu sterben!* Aber wenn die beiden nun Partner wären …

Ich schlucke hart und weiche zurück, greife nach dem Handy, schnappe mir das Messer. Bereit, bereit, bereit, aber ich bin nicht so ruhig, wie ich sein müsste. Ich knirsche mit den Zähnen.

Der zusammengekauerte Mann hält abrupt inne, als würde er meinen Blick bemerken, und richtet sich auf, sodass ich den Kerl auf der Promenade besser erkennen kann. Auf dem schwarzen Sweatshirt des Mörders ist kein Blut zu sehen, aber ich kann es auf dem Holz darunter sehen, wo es die Planken in leuchtendem Purpur befleckt. Sein Unterleib klafft auf, ein blutiges Loch mit zerbrochenen Rippen, gelblichem Fett und einem riesigen Fleischbrocken, der seine Leber sein könnte.

Verdammt noch mal. Ich war auf der Suche nach einem Serienmörder und bin bei einem Werwolf gelandet. Na toll.

Aber er hat gar kein Fell – das sollte er doch eigentlich haben. Stattdessen ist er blass, kantig, jeder seiner Gesichtszüge wie aus Marmor gemeißelt. Bis auf diese Augen. Diese violetten Augen. Ein Effekt des Lichteinfalls?

Ich kriege keine Luft. Seine Füße geben kein Geräusch von sich, als er sich nähert, aber er hat irgendetwas an sich. Er fühlt sich älter an als der Weg unter uns, so wie der Ozean sich alt anfühlt, so wie die Erde und der Stein sich schwer anfühlen mit einer unfassbaren Weisheit – als ob er schon mehr gesehen hätte als jeder Sterbliche.

Der Mann blickt auf mich herab und blinzelt. Violette Augen, nicht nur vom Licht, da bin ich mir sicher. Das Leuchten kommt aus ihrem Inneren, seine Augen reflektieren wie die eines Löwen. Eines Jägers. Seine Zähne sind lang, deuten auf eine gefährliche Schärfe hin.

Und sein Gesicht ist blutverschmiert.

Finde *Angelockt* Hier:
https://rbfields.com

Bargain with the Billionaire ist das 1. Buch in der steinreichen Junggesellen-Reihe.
Finde *Bargain with the Billionaire* Hier:
https://rbfields.com

BARGAIN WITH THE BILLIONAIRE
KAPITEL 1

DESMOND

Die Welt war für Männer wie ihn gemacht, jede Situation eine Gelegenheit, das Schicksal nach seinem Willen zu biegen. Aber seine Krawatte war eine Schlinge um seinen Hals. Sie sah sogar wie eine Schlinge aus, wie sie über seine Schulter glitt und auf seinem Rücken ruhte, aber Desmond O'Connor war noch nie jemand gewesen, der etwas so Wichtiges wie das Sterben dem Zufall überließ. Sterben erschien ihm, ehrlich gesagt, langweilig. Alltäglich. Völlig gewöhnlich. Es war unter seiner Würde.

Die meisten Dinge waren unter seiner Würde.

Das war doch das Problem, oder? Wenn man auf dem Gipfel der Welt geboren wurde, gab es nicht viel Raum zum Wachsen. Man endete mit einer Krawatte um den Hals und seinem Schwanz in einer goldsuchenden Rothaarigen, die einen als Leiter nach oben benutzen wollte. Aber er hatte kein Interesse daran, eine Leiter zu sein. Er brauchte nur etwas, um die Kante abzurunden. Und die Rothaarige war besser als im Whiskey zu ertrinken.

Er wollte heute nicht nach Alkohol riechen, nicht wenn er den ganzen Nachmittag mit seinem Bruder John zusammensitzen würde. Das hatte ihn jedoch nicht davon abgehalten, sich beim Brunch zwei Finger einzuschenken. Das Glas stand immer noch neben seiner Rolex auf seinem Schreibtisch - jenseits des Fensters erstreckten sich dicke, graue Wolken in die Unendlichkeit.

Die Frau lächelte zu ihm auf, ganz Zähne, ihre Lippen feucht. Er steckte seine Hemdschöße wieder ein und blinzelte auf das rote Haar, das sich über ihre Schulter kräuselte, zur Hälfte zu einem geflochtenen Dutt auf ihrem Kopf aufgetürmt, zu formell für das Lobbyrestaurant, wo sie ihn angesprochen hatte. Wie war ihr Name? Es war nicht Candy. Frauen, die nach Desserts benannt waren, verkehrten nicht in seinen Kreisen. Zimt, Ambrosia, Toffee - das waren Frauen, mit denen sein Vater vielleicht ausgegangen wäre, während seine Mutter ihn und seine vier Geschwister in der Upper East Side großzog. Nein, ausgehen war das falsche Wort: ficken.

Die Frau, die seinen Blick für konzentrierte Aufmerksamkeit hielt, neigte den Kopf und fuhr mit der Zunge über ihre Oberlippe. Wahrscheinlich Candace, benannt nach ihrer strengen, aristokratischen Großmutter, hineingeboren in ein Vermögen aus Holz oder Kohle. Vielleicht Rosemary, der einzige essensbezogene Name, der für eine Frau ihres Standes funktionieren könnte, ein ernsthafter, kräutiger Name. Aber welchem Geld sie auch entstammte, wenige Vermögen konnten sich mit dem von O'Connor Media Enterprises messen.

»Ist es das, was du willst?«, schnurrte sie und fuhr mit ihrer Hand an seinem Schaft auf und ab.

Er unterdrückte ein Seufzen. *Nicht wirklich.* Aber welcher Mann würde einen perfekt guten Blowjob ablehnen?

Wenn es ihn nur etwas fühlen ließe - irgendetwas überhaupt.

Wenn er nur dazu fähig wäre.

»Kein Gerede«, schnauzte er, aber sie zuckte nicht zusammen - natürlich nicht. Es gab keinen Platz für Gefühle an der Spitze der Welt, und sie war hoch genug aufgewachsen, um zu wissen, dass die Luft zu dünn war, um auch nur ein paar keuchende Atemzüge von Emotionen zu erlauben. Das Familienunternehmen, O.M.E., war das Einzige, das ihn je lebendig fühlen ließ.

Und dieses Geschäft könnte jetzt in Gefahr sein.

Sie schloss ihre Lippen um seinen Schwanz und saugte ihn zurück in ihren Rachen. Er wandte seinen Blick ab. Das Glas des getönten bodentiefen Fensters warf sein Spiegelbild zurück: sie auf ihren Knien, er über ihr aufragend mit seinen breiten Schultern, über einen Meter achtzig Muskeln in einem Anzug, der »Geld« schrie, gekrönt von einem kantigen Kiefer und dichtem, dunklem Haar, seine smaragdgrünen Augen schwarz vor den Wolken.

Er vergrub seine Finger in ihrem Haar und stieß seine Hüften einmal, zweimal, und als sie seinen Arsch packte, um ihn an ihr Gesicht zu halten, ließ er ihren Kopf los und knurrte seine Erlösung heraus. Candy-Candace stöhnte, aber auf diese nette Art, die sie glücklich klingen ließ. Er konnte sie glücklich machen. Er hatte viele glückliche Frauen zu Gipfeln der Ekstase gebracht, von denen die meisten nur träumen konnten. Aber heute machte ihn allein der Gedanke an die Anstrengung müde.

Sie schluckte, dann zog sie sich zurück, sein Schwanz glitt aus ihrem Mund.

Desmond bückte sich, um seine Hose von seinen Knöcheln hochzuziehen und ordnete seine Kleidung, während sie aufstand. Ihr marineblaues Kleid war makellos, unzerknittert. Kein Haar außer Platz. Er fragte sich, ob ihre Knie schmerzten. Aber er fragte nicht. Nicht einmal, als sie ihn wieder anlächelte und eine Augenbraue hob.

Worauf wartete sie, eine gravierte Einladung zum Gehen? Wahrscheinlich eine Einladung zur Beerdigung. *Ah...* das war es. Die Presse - ein Geschäft, das er verdammt nochmal *besaß* - hatte ein großes Ding daraus gemacht, dass er heute wahrscheinlich allein auftauchen würde. Niemand, der seine Hand hielt, während er durch die Kathedrale ging, *buh-huh*. Diese Frau war offensichtlich in das Restaurant im Erdgeschoss gekommen, gekleidet für den Friedhof, falls er ihre Gesellschaft wünschte. Tat er nicht. Sie wäre eine Komplikation.

Wenn er heute Abend in der Stimmung wäre, eine Frau für sich schreien zu lassen, hätte er keine Schwierigkeiten, eine andere zu finden. Diese ganze Woche würde ein Wirbelwind aus Anwaltstreffen und Enden-einer-Ära-Galas sein, eine Million Menschen, die versuchten, auf Desmonds Rücken nach oben zu klettern, jetzt, da sein Vater -

»Desmond?« Sie biss sich auf die Lippe, eine Frage in ihren Augen.

Er räusperte sich und ging zum Schreibtisch, um seine Uhr aufzuheben. »Der Portier wird Ihnen ein Auto rufen.«

»Ich hatte gehofft, ich könnte mit Ihnen fahren«, begann sie, und als er zurückblickte, schmollte sie. »Mein Vater wird bei der Beerdigung sein, also kann ich mit ihm nach Hause fahren, wenn Sie... Abendpläne haben?«

Abendpläne. Mit einem Anwalt. Und...

Er blinzelte. Ihr Vater...

Ah. *Cassidy* - das war ihr Name. Cassidy DeMarco, Tochter eines Kohlemagnaten. *Wusste ich's doch.* Luca DeMarco verlor jeden Tag Marktanteile. Sie hoffte offensichtlich, dass Desmond ihre Rettung sein könnte.

Er schüttelte den Kopf und ignorierte den enttäuschten Blick in ihren Augen. Er hatte weitaus dringendere Angelegenheiten zu erledigen. Der alte Mann hatte sicherlich versucht, Desmond in seinem Testament zu ficken - das war der einzige Grund, warum der Anwalt am Tag der Beerdigung seines Vaters ein besonderes Treffen wollte. Die Haare an seinem Rückgrat sträubten sich. Er war sich noch nicht sicher wie, aber dieser Arsch hatte etwas getan, um sein Leben elend zu machen, sogar im Tod.

Als Cassidy die Tür hinter sich schloss, zog Desmond die Krawatte fest genug an, um seine Luft abzuschnüren, seine Augen auf den grauen Himmel gerichtet. Er musste zur Kirche.

Er musste sicherstellen, dass dieser Hurensohn unter die Erde kam.

Wie geplant.

Finde *Bargain with the Billionaire* Hier:
https://rbfields.com

Möchtest du mit R. B. in Kontakt treten?
https://rbfields.com

ÜBER DEN AUTOR

R. B. Fields ist klinische Therapeutin und Autorin von Liebesromanen, die davon überzeugt ist, dass ein Leben voller Fantasie und Abenteuer unabdingbar für Gesundheit und Glück ist. Sie steht auf starke und witzige Charaktere und auf heiße und leidenschaftliche Romane (meistens gleichzeitig). Ob du nun auf Biker-Romantik, paranormale Reverse-Harem-Romantik, Storys über unverheiratete Milliardäre oder erotische Kurzgeschichten abfährst – in ihren Büchern findest du all die Alpha-Helden und bissigen Heldinnen, in die sich Leser so gerne verlieben. Begib dich auf ein Abenteuer, in dem Liebe, Leidenschaft und die Vielschichtigkeit des Herzens miteinander verschmelzen. Mehr dazu erfährst du auf https://rbfields.com. Wenn du schon mal dort bist, tritt doch R.B.s Lesergruppe bei und erhalte dafür exklusive Vergünstigungen und Goodies.

Möchtest du mit R. B. in Kontakt treten?
https://rbfields.com

www.ingramcontent.com/pod-product-compliance
Ingram Content Group UK Ltd.
Pitfield, Milton Keynes, MK11 3LW, UK
UKHW042137171224
452513UK00004B/247